U0561595

拍手为歌

姜淑梅

———

辑·著·绘

广西师范大学出版社

·桂林·

PAISHOU WEIGE

图书在版编目（CIP）数据

拍手为歌 / 姜淑梅辑、著、绘. —桂林：广西师范大学
出版社，2019.7
（雅活书系）
ISBN 978-7-5598-0896-7

Ⅰ．①拍… Ⅱ．①姜… Ⅲ．①民谣－作品集－山东②
民间故事－作品集－山东 Ⅳ．①I277.252②I277.3

中国版本图书馆 CIP 数据核字（2019）第 095582 号

广西师范大学出版社出版发行

（广西桂林市五里店路 9 号　邮政编码：541004）

　网址：http://www.bbtpress.com

出版人：张艺兵

全国新华书店经销

广西昭泰子隆彩印有限责任公司印刷

（南宁市友爱南路 39 号　邮政编码：530000）

开本：889 mm ×1 194 mm　1/32

印张：11.5　　字数：240 千字　　　图：53 幅

2019 年 7 月第 1 版　　2019 年 7 月第 1 次印刷

印数：0 001~8 000 册　　定价：62.00 元

如发现印装质量问题，影响阅读，请与出版社发行部门联系调换。

总序

周华诚

　　"雅活书系"陆陆续续出来了，受到不少读者的欢迎，编辑约我写一篇总序，我遂想起当初策划此书系的缘由。入夜，又细细翻阅书架上"雅活书系"已出的 20 余种书，梳理并列出将出的近 10 种书的书名，不由心潮起伏，感慨系之，于是记下我的片断感受。

　　"雅活"这个概念，并非现在才有，中国实古已有之。举凡衣食住行、生活起居、谈琴说艺、访亲会友、花鸟虫鱼、劳作娱乐，这日常生活里的一切，古人都可以悠然有致地去完成。譬如，我们翻阅古书，可见到古人有"九雅"：曰焚香，曰品茗，曰听雨，曰赏雪，曰候月，曰酌酒，曰莳花，曰寻幽，曰抚琴；又见古人有"四艺"：品香、斗茶、挂画、插花。想想看，"雅活"的因子，覆盖了日常生活的方方面面；也可以说，"审美"这个东西，已渗入中国人的精神血液里头。

　　明人陈继儒在《幽远集》中说：

香令人幽，酒令人远，石令人隽，琴令人寂，茶令人
爽，竹令人冷，月令人孤，棋令人闲，杖令人轻，水令人
空，雪令人旷，剑令人悲，蒲团令人枯，美人　令人怜，僧
令人淡，花令人韵，金石鼎彝令人古。

这样一些生活的风致，似乎已离时下的我们十分遥远。随
着社会节奏的加快，人们匆促前行，常常忽略了那些诗意、美好
而无用的东西。

美的东西，往往是"无用"的。

然而，它真的"无用"么?

几年前，我离开从事多年的媒体工作，回到家乡，与父亲
一起耕种三亩水稻田，这一过程让我获益良多。那时我已强烈地
感受到，城市里很多人每日都在奔波，少有人能把脚步慢下来，
去感受一下日常生活之美，去想一想生活究竟应当是什么样子。

山静似太古，日长如小年。

余花犹可醉，好鸟不妨眠。

世味门常掩，时光簟已便。

梦中频得句，拈笔又忘筌。

当我重新回到乡村，回到稻田中间，开始一种晴耕雨读的
生活时，我真切地体会到内心的许多变化。我也开始体悟到唐庚
这首《醉眠》中的"缓慢"意味。我在春天里插秧，在秋天里收

割，与草木昆虫在一起，这使我的生活节奏逐渐地慢了下来。城市里的朋友们带着孩子，来和我一起下田劳作，插秧或收获，我们得到了许多快乐，同时也获得了内心的宁静。

我们很多人，每天生活在喧嚣的世界里，忙碌地生活和工作，停不下奔忙的脚步。而其实，生活是应该有些许闲情逸致的。那些闲情雅致或诗意美好，正是文艺的功用。

钱穆先生说："一个名厨，烹调了一味菜，不至于使你不能尝。一幅名画，一支名曲，却有时能使人莫名其妙地欣赏不到它的好处。它可以另有一天地，另有一境界，鼓舞你的精神，诱导你的心灵，愈走愈深入，愈升愈超卓。你的心神不能领会到这里，这是你生命之一种缺憾。"

他继而说道："人类在谋生之上应该有一种爱美的生活，否则只算是他生命之夭折。"

这，或许可以算是"雅活书系"最初的由来吧。

"雅活书系"，是一套试图将生活与文艺相融合的丛书。它有一句口号："有生活的文艺，有文艺的生活。"在我们看来，文艺只是生活方式的一种。文艺与生活，本密不可分。若仅有文艺没有生活，那个文艺是死的；而若仅有生活，没有文艺，那个生活是枯的。

"雅活书系"便是这样，希望文艺与生活相结合，并且通过一点一滴、身体力行，来把生活的美学传达给更多人。

钱穆先生所说的"爱美的生活"，即是"文艺的生活"。下雪了，张岱穿着毛皮衣，带着火炉，坐船去湖心亭看雪。一夜大雪，窗外莹白，住在绍兴的王子猷想起了远方的老友戴逵，就连夜乘船去看他；快天亮时，终于要到戴家了，王子猷却突然返程，说："我本乘兴而行，兴尽而返，何必见戴！"同样，还是下雪天，《红楼梦》里的妙玉把梅花瓣上的白雪收集起来，储在一个坛子里，埋入地下三年，再拿出来泡茶喝。也有人把梅花的花骨朵摘下，用盐渍好，到了夏天，再拿出来泡水，梅花会在沸水作用下缓缓开放。

——这都是多么美好的事！

生活之美到底是什么？从这套"雅活书系"里，每一位读者或许能找到一点答案。当然，这并不是"雅活"的标准答案，生活本无标准可言——每个人的实践，都只是对生活本身的探寻。而当下的生活，如此丰富，如此精彩，自然也蕴含着无比深沉的美好。"雅活书系"或许是一束微弱的光，是一个提示，提示各位打开心灵感受器，去认识、发现、创造各自生活中的美好。

很荣幸，"雅活书系"能得到读者们的喜欢，也获得了业内不少奖项。我愿更多的人，能发现"雅活"，喜欢"雅活"；能在"雅活"的阅读里，为生活增一分诗意，让内心多一丝宁静。

写完此稿搁笔时，立夏已至，山野之间，鸟鸣渐起。

2019 年 5 月 6 日

目　录

2

3

第二部分
老故事

这些丢失的歌谣

——姜淑梅、艾苓母女对话

艾　苓：我对这些民谣不陌生，小时候您说我们听过，比如《筛箩箩》《逗笑玩》《小花猫》。1992年，您帮我带儿子的时候，这些民谣在咱家老房子里重新响起，老实说，那时候我没觉得好，还想着您的山东口音不要影响到我儿子学话才好。这几年，您搜集的民谣越来越多，这些民谣放在一起让我特别吃惊。

姜淑梅：在山东老家，管这些东西叫小唱，不叫民谣。

艾　苓：小唱是唱出来的吗？

姜淑梅：不唱，说，说也叫小唱。

艾　苓：明白了。可能这些民谣都很短，韵律和节奏感特别强，容易传唱，所以叫小唱。您知道这些小唱有多好吗？

姜淑梅：不知道，俺就是喜欢，小时候没啥玩的，小闺女在一起玩经常说小唱。谁要是去姥姥家、姨家串门，新学了几个小唱，回来赶紧教给大家，这就越会越多。

艾　苓：这本书里有多少小唱是您当年会说的？

姜淑梅：没数过，最少有一半吧。年头多了，很多都忘了。要是谁提起个头，一下又想起来。

艾　苓：当年什么人说小唱？光是孩子吗？

姜淑梅：不光孩子，女人哄孩子，男人哄孩子，都说这个，他们还教孩子说。

艾　苓：现在老家的人哄孩子，还有人说这个吗？

姜淑梅：回老家很多次了，一次都没见过。会小唱的人越来越少了，以前会的人上了年纪，都不记得了。你要是不跟我说这些小唱是好东西，我也想不起来上这些货。

艾　苓：您听说过《诗经》吗？

姜淑梅：听说过，念经用的吧？

艾　苓：不是。《诗经》是中国古代第一部诗歌总集，这里面有一部分诗歌就是从民间收集上来的。

姜淑梅：俺没念过书，俺哪知道？

艾　苓：您现在做的这件事，就是古代采诗官做的事，他们专门到民间去采集民谣，宫廷乐师谱曲以后，专门唱给统治者听。

姜淑梅：这么说，俺还挺了不起呢。

艾　苓：二十世纪八十年代，各地文化馆专门派人下去采集过民谣、谚语、民间故事，正式出版的书不多，我看过几本当地印刷的册子。当时刚刚改革开放，人的观念还比较保守，可能有些内容没有完全呈现出来，还有些内容明显带着采集者的加工痕迹。

姜淑梅： 巨野县印的那本书挺好，帮俺想起来很多小唱，有些地方跟俺以前唱的不一样。

艾　苓： 民谣本身属于老百姓的口头创作，口口相传的过程中会有演绎、误传、再创作，出现很多版本，这很正常。

姜淑梅： 有的小唱现在看不大好，俺想改几句，你为啥不让呢？

艾　苓： 您现在做的是采集和记录，不是改写和再创作，要保留它们的原汁原味。如果要改写或者再创作，那也是以后的事。

姜淑梅： 你总说这些东西好，好在哪儿呀？

艾　苓： 这些民谣太珍贵了，我看至少有两方面的价值，一个是历史价值，一个是文学价值。往大了说，这些民谣是民族记忆的一部分。往小了说，它们记录了鲁西南地区百余年的历史，生产、生活、游戏、婚嫁、习俗的发展变化都在这里面了。比如您小时候说的童谣和游戏，比如裹脚的习俗，比如结婚和年节的各种仪式，这些统统没有了，消失的历史应该有些留存让后代了解，民谣就属于一种留存。说到文学价值，《诗经》里用得最多的表现手法是赋、比、兴，这三种表现手法在鲁西南民谣里都有体现。

姜淑梅： 啥叫赋、比、兴？

艾　苓：我就跟您说"比"吧。比是类比，就是不直接说事，找个相近的事物先打个比方，大家一听就明白了，还挺有意思。比方说《小媳妇跳河》的第一句话，不直接说谁家的闺女长大了应该嫁人了，而是说"小葡萄一嘟噜，十八的闺女当媳妇"，"小葡萄一嘟噜"说明葡萄成熟了，这就是类比，又生动又具体。

姜淑梅：让你这么说，这些小唱啥都好，没一点儿毛病呗？

艾　苓：不是这样的。有的民谣低俗些，有骂人的话；有的民谣教训人的腔调太浓，谈不上艺术表现；有的民谣从男人的角度看问题，对女人明显不公平；还有些内容，带有明显的封建色彩。没有十全十美的事，民谣里的这些局限都是难免的。

姜淑梅：好，张老师就是张老师。

艾　苓：学生一直努力，做老师的不努力也不行啊。

儿老家外前没烟囱，从锅门出烟。

八月十五炸丸子。

第一部分

老民谣

【童谣】

绕口令

鸡叨[1]豆囤，囤漏豆，

狗啃油篓，篓漏油，

东家拿起鞭子抽，

直抽得

鸡不叨豆囤，囤不漏豆，

狗不啃油篓，篓不漏油。

咣咣倒处[2]

咣咣倒处，

麦子要熟。

你在哪里住？

我在黄瓜园里住。

吃的啥饭？

喝的糊涂[3]。

给我留了没？

刷锅另做。

1　叨：方言，意为啄食。

2　咣咣倒处：方言，即布谷鸟。这首第一句话的意思是：布谷鸟来的时候，麦子就要熟了。

3　糊涂：用高粱面熬成的粥，有时放点黄豆。

拍手歌（一）[1]

拍，拍，拍皂角，

皂角弯，上南山。

南山有棵野眉豆，

楝子开花结石榴。

石榴花俺戴了，

结了石榴俺卖了。

卖了买块小月饼，

小月饼，十二层，

姐姐穿绿俺穿红。

豇豆角，玫瑰花，

俺请姑娘跪下吧。

姑娘穿着绣花鞋，

俺把姑娘请起来。

1　这是两个小闺女玩的游戏，其中一个先跪下，再起来。

拍手歌（二）

俺拍皂角一来一，
一碗馍馍一碗鸡。
俺拍皂角两来两，
两碗花椒共茴香。
俺拍皂角三来三，
腊肉馍馍往上端。
俺拍皂角四来四，
黄瓜芹菜上了市。
俺拍皂角五来五，
炖的粉条和豆腐。
俺拍皂角六来六，

六碗馍馍六碗肉。
俺拍皂角七来七，
吃的烧饼和烧鸡。
俺拍皂角八来八，
八碗鱼，八碗虾。
俺拍皂角九来九，
九碗馍馍九碗藕。
俺拍皂角十来十，
十个老头去赶集。
走得慢，来得迟，
走到集头上呼啪[1] 散了集。

---

1 这首到末尾处就不拍了，"呼啪"是拍手的响声。

扽紧紧¹

扽，扽，扽紧紧，

腰里掖着花手巾。

你一根，我一根，

咱俩把发²走亲戚。

走亲戚去上南门外，

南门外一地好白菜，

又好吃，又好卖，

抱家一棵给奶奶。

1　扽：两头同时用力向后拉。扽紧紧是两个小孩玩的游戏，两个人面对面手拉手，两脚相对，身子后仰，一边唱歌一边转圈。

2　把发：一起。

扽紧紧

011

杀羊羔[1]

"啪啪啪。"

"你干啥？"

"撅柳条。"

"撅柳条干啥？"

"编笊篱。"

"编笊篱干啥？"

"捞石头。"

"捞石头干啥？"

"磨小刀。"

"磨小刀干啥？"

"杀你家羊羔。"

"俺家羊羔吃你啥了？"

"吃俺一斗谷子两斗米。"

"新的下来还给你。"

"不等哩。"

---

1 这是两伙孩子玩的抢人游戏，两伙打头的对唱，后面的孩子一个扯着一个后衣襟。说完"不等哩"，这伙孩子就可以抢人了。

打线蛋¹唱的歌（一）

小老鸹，黑又黑，

垒个小窝门朝北。

阴天下雨俺不怕，

就怕小孩摸老鸹。

青石板，板石青，

青石板上挂银灯。

银灯挂到晌午错²，

两个小妮儿蒸馍馍。

狗打水，猫烧锅，

兔子王八垒个窝。

小柏树，落柏壳，

好孬打了一百多。

1　线蛋：用线缠成球状，可以拍着玩，过去鲁西南农村孩子的玩具。

2　晌午错：过了正午，太阳偏西。

杀羊羔

打线蛋

打线蛋唱的歌（二）

东北西南，

采桑喂蚕，

蚕老卖钱。

东北角，西南角，

南边有个八仙桌。

八仙桌上有水水，

俺家娶个花婶婶。

脚也小，手又巧，

两把剪子对着铰。

左手铰个莲花瓣，

右手铰串红樱桃。

巧婶婶，头发黑，

俺打线蛋整一百。

打线蛋，粮食贱，

拾子子，过歉年。[1]

1　粮食贱：收成好，粮食便宜。拾子子：用四个石头子玩的游戏。过歉
年：收成不好的年头。过去老年人常说，打线蛋的孩子多收成好，拾子子的
孩子多收成不好。

打线蛋唱的歌（三）

花线蛋，缠得鲜[1]，

姐妹二人去爬山。

一爬爬到晌午错，

嘴里渴，肚里饿。

锅里蒸的白馍馍，

俺娘说：

妮儿来妮儿来多吃个，

少串门子多做活儿。

1　鲜：颜色鲜艳。

踢脚盘

踢脚盘，盘三年。

三年整，菊花领。

菊菊卖卖，

骡马换鞋。

金格挡，银格挡，

打扮小脚蜷这张。

打金鼓，过金桥，

坑里栽着鼓鼓苗。

染红线，道红袍，

问问大官饶不饶？

（大官如果说：饶！）

喝完鸡蛋白面条！

（大官如果说：不饶！）

喝碗稀屎捞！ [1]

1　这个游戏需要一个女孩站着，一排女孩坐着。站着的女孩一边挨个踢女孩的脚一边唱，唱完时踢到谁的脚，谁可以把脚先蜷回去一只，游戏再次开始。谁的两只脚最先蜷回去，谁就是"大官"。谁的脚剩在最后，谁受罚。站着的女孩一边轻打小手，一边唱上面的内容。

筛箩箩[1]

筛箩箩，打箩箩，

磨白面，蒸馍馍，

看大妮儿家老婆婆。

老婆婆没在家，

气得大妮儿呱嗒[2]嗒，

呱嗒到门口呱嗒到家。

呱嗒到粪茅里，

吃得饱饱的。

呱嗒到粪坑里，

吃得撑撑的。

筛打箩，箩打筛，

黄面窝窝小枣揣，

吃的枣核吐出来。

---

1 这是哄孩子玩的民谣。

2 呱嗒：生气走路时发出的声音。

踢脚踘

梳头歌

向日葵，低着头，
姐妹三个来梳头。
大姐梳个流水纂[1]，
二姐梳的桂花油，
剩下三姐没啥梳，
梳个狮子滚绣球。
滚到磨道里，
变个老叫驴。
叫驴拉磨，

变个馍馍。
馍馍中吃，
变个公鸡。
公鸡打鸣，
变个草绳。
草绳出[2]腰，
变个老雕。
老雕屙屎，
巴狗[3]张嘴。

1　纂：女人脑后的发髻。
2　出：扎。
3　巴狗：这里可以用人名替换。跟谁玩游戏，可以叫谁的名。

逗笑玩[1]

这里青，
这里红，
这里痒痒，
这里疼。
这里搬梯子，
这里摸个小小虫[2]。

小麦粒

小麦粒，两头尖，
数九寒天在外边。
人人都说俺受苦，
人来客往我当先。

---

1 这是哄孩子玩的民谣，一边唱，一边从头上往下面拍，唱最后一句时往孩子的胳肢窝里摸。
2 小小虫：麻雀。

小狗

小狗，喝酒。
要钱，没有。
打架？不怕。
拉枪，受伤。
疼得小狗汪汪，
汪汪！汪汪！

小花猫

小花猫，上金山，
走到路上没盘缠。
卖公鸡？肯叫唤。
卖母鸡？多下蛋。
卖孩子，太可怜。
卖老婆，不值钱。
饿着肚子快着跑，
跑到姥娘家吃个饱。

小木碗

小木碗，光溜溜，
俺到姥娘家住一秋。
姥娘疼俺，
妗子瞅[1]俺。
妗子妗子你别瞅，
俺上家北[2]看石榴。
人家偷，俺就骂，
老鸹叨，俺就吓，
楝子开花俺回家。
桃花开，杏花败，
明年春天再回来。

一棵树

俺家门外一棵树，
雾气腾腾长得粗。
有本领不分老和少，
小孩子也能当师傅。

---

1 瞅：冷脸看。
2 家北：姥娘家的北边。

小大姐

小大姐，溜坑沿，
洗白手，扎花鞋。
扎了花鞋搁哪里？
搁到爹爹床头上。
爹爹看见心欢喜，
婆家看见就要娶。
谁抬轿？
小蚂蚱，
一抬一噗啦。

谁吹鼻？
小蛐子，
一吹吱儿吱儿吱儿。
谁吹号？
老驴叫。
谁落饼[1]？
小豆虫，
一落一顾噁[2]。

1　落饼：烙饼。
2　顾噁：蠕动。

俺跟姐姐一般高

小杨叶，水上漂，

俺跟姐姐一般高。

姐姐穿的好衣裳，

俺就露着光脊梁。

姐姐戴的好花，

俺就戴个狗尾巴花。

姐姐戴的银簪子，

俺就戴个竹签子。

姐姐骑个好马，

俺就骑个树柯杈[1]。

姐姐的马，

打一鞭走一千[2]。

俺的马，

干打不动弹。

---

1 树柯杈：树杈。

2 一千：一千里路。

张果老

门外是谁呀？

张果老。

你咋不进来呀？

怕狗咬。

我给你看着狗呀？

那也好。

你抱的啥呀？

大皮袄。

你咋不穿呀？

我怕虱子咬。

我给你抓抓？

那也好。

你兜里装的啥呀？

干巴枣。

你咋不吃呀？

没牙咬。

我给你煮煮吧？

那也好。

---

1 一能：突然。

小枣树

小枣树，耷拉枝，

上边坐个小白妮儿。

白妮儿下来拾棉花，

一能[1]拾个大甜瓜。

爹一口，娘一口，

咬着白妮儿的手指头。

白妮儿白妮儿你别哭，

我给你买个拨浪鼓。

白天摇着玩，

黑天吓老虎。

小巴狗上南山

小巴狗，上南山，
撅金条，编布篮。
捞大米，做干饭，
大狗吃，小狗看，
气得小狗一头汗。
小狗小狗你别急，
剩下嘎巴是你的。

小白兔

小白兔，去赶集，
买个辣椒当鸭梨。
咬一口，好辣的，
再也不买带把的。

小枣树

大狗吃小狗看

杀哪个

小白鸡，挠草垛。

客来了，哪里坐？

堂屋当门[1]坐。

问问白鸡：

杀哪个？

白鸡说：

我的脖子锉，

杀我不如杀那个鹅。

鹅说：

我的脖子长，

杀我不如杀那个羊。

羊说：

我四条金腿往前走，

杀我不如杀那个狗。

狗说：

夜里看家累得喉咙哑，

杀我不如杀那个马。

马说：

我能驮东家千里游，

杀我不如杀那个牛。

牛说：

我白天干活黑天歇，

杀我不如杀那个鳖。

鳖说：

今天大家忙活活，

回来就杀我。

揭开盖，四样菜，

拉[2]个口，还能多喝四两酒。

1　当门：堂屋门正对着的房间。

2　拉：划开。

小小虫

小小虫，地上滚，
滚到娘家要买粉。
买了粉，它不擦，
攥着哥哥去买麻。
买来麻，它不搓，
又叫哥哥去买锅。
买来锅，它不揍[1]，
又叫哥哥去买肉。
买了肉，它不切，
又叫哥哥去买车。
买了车，它不坐，
又叫哥哥去买磨。
买了磨，它不推，
又叫哥哥去买笔。
买来笔，不会写，
画个红脸关老爷。

1　揍：做饭。

杀哪个

小小虫

小老鼠

小老鼠,
上拐棍。
拐棍滑,
磕掉老鼠牙。
大老鼠哭,
小老鼠叫,
井里的蛤蟆来吊孝。
眼也哭瞎了,
鼻子也拧叉[1]了。

小怪孩

小怪孩,上庙台,
慌得紧,上得快,
叽里咕噜滚下来。
滚到地上拾俩钱,
娶个寡妇带俩孩,
大孩叫萝头,
二孩叫挎篮儿。[2]

---

1 拧叉:拧坏。
2 萝头、挎篮:都是篮子。

张狂妮儿

一个大妮儿真张狂，
东墙爬到西墙上。
东墙爬得成条路，
西墙爬得明晃晃。
院里有棵歪枣树，
一天三遍往上上。
大妮儿来做饭，
手里拿着一块面。
听见门外锣鼓响，
大妮儿快跑去，
锅饼贴到门框上。

小巴狗戴铃铛

小巴狗，戴铃铛，
叽里喤啷到集上。
想吃桃，桃有毛，
想吃杏，杏又酸，
吃个栗子面蛋蛋。

大门

张狂妮

俺家门前一棵桃

俺家门前一棵桃，
青枝绿叶梢儿摇。
开的桃花一样大，
结的桃儿有大小。
大桃摘了集上卖，
小桃树上风来摇，
摇不掉的是好桃。

打铁

小大姐，小二姐，
你拉风匣我打铁。
挣了钱，腰里掖，
买了包子给咱爹。
给爹买个缨缨帽，
给娘买个木底鞋。
咯噔咯噔上楼去，
咯噔咯噔下楼来。

石头蛋子

石头蛋子裂裂，
里边坐着爹爹。
爹爹出来买菜，
里边坐着奶奶。
奶奶出来烧香，
里边坐着花娘。
花娘出来磕头，
里边坐个孙猴。
孙猴出来打灯笼，
吼咻吼咻上天喽！

耩[1]地

咣当咣当耩地，
耩了两亩好地。
老鸹叨了，
可惜了地[2]。

---

1 耩：种。

2 可惜了地：可惜。了读liǎo。

051

打铁

耕地

小黑孩

小黑孩，骑黑马，
黑马不走黑鞭打，
一能走到丈人家。
大舅子扯，
小舅子拉，
扯扯拉拉到了家。
烧黑锅，冒黑烟，
烧开茶，黑碗端，
院里有棵黑石榴树，
黑槐树上黑老鸹，
打开庙门黑菩萨。
到了天黑才回家，
一家人家都见了，
就是没见俺的她[1]。

蚂蚱

蚂蚱生子，子出生，
出来蚂蚱一丁丁[2]。
前腿会走，
后腿会蹬，
长出翅膀扑棱棱。
飞到西，飞到东，
飞到菜园里，
又吃萝卜又吃葱。

1　没见俺的她：那时候，闺女结婚前不敢跟丈夫见面。
2　一丁丁：形容极小。

月姥娘

月姥娘，亮堂堂，
琉璃庙上烧好香。
烧死刘大姐，
哭死刘大娘。
蚂蚱来吊孝，
蛐子哭一场。

要吃奶

太阳出来黄巴巴，
爹织布，娘纺花，
小二头，要吃妈[1]。
"拿过刀来割给他，
挂到脖里吃去吧！"
二头问：
"有血吗？"
他娘说：
"滴滴答。"
二头说：
"娘啊娘，不吃了。"

---

1 吃妈：吃奶。

小辫梢

小辫梢，剪一剪，
俺问婆家有多远。
十里地，八里坡，
来前路过苇子窝。
苇子窝里放大炮，
来前路过奶奶庙。
奶奶庙里小二郎，
往前就是果子行。
果子行里拉大车，
拉的谁家白大姐？
身穿白，头戴白，
俺问婆家死的谁？
死了公公还好过，
死了婆婆偎着谁？
偎着干娘干兄弟，
俺给干娘买东西。
十包果子十包糖，
十斤鸡蛋看干娘。
干娘吃不了，
婶子大娘都尝尝。

菜成精

闲着没事去正东，
看见一园子菜成了精。
白菜那里称王位，
红萝卜头顶绿纱坐正宫。
丝瓜搭成九龙殿，
京瓜花点上黄纱灯。
东南湖反了白莲藕，
带领蒲菜发大兵。
白菜闻听心好恼，
差兵点将把敌迎。
芹菜奉旨挂了帅，
芫荽马前当先锋。
韭菜摆开双刀队，

小葱长枪往上迎。
白脸冬瓜当大炮，
土豆只把炮弹充。
对着东南开了炮，
打得蒲菜乱哄哄。
吓得葫芦上了吊，
辣椒立时身发红。
大蒜龇牙又咧嘴，
豆角胆小身发青。
白莲藕看着败局定，
一头扎进污泥坑。
污泥坑里安下寨，
以后不敢再出兵。

逮蛐子

老头子，
逮蛐子，
逮了一裤裆，
咬了一腚疮。
蛐子跑了，
疮也好了。

拆楼[1]

"出大门，猛抬头，
看见前街一片楼。
谁家的楼？"
"官家楼。"
"叫拆不？"
"不叫拆。"
"拆了旧的盖新的！"

---

1 这是过去小孩做游戏时唱的。这个游戏需要三个孩子，两个孩子对坐在地上，底下两只脚，上面两只脚，立在一起就是"楼"。站着的孩子首唱，两个孩子作答。站着的孩子动手拆倒"楼"以后，上面的两只脚换到下面，游戏重新开始。

【情歌杂唱】

看情哥

大妮儿年长十八春，
爹娘给俺订下娃娃亲。
听说情哥他病啦，
捎信儿叫俺偷着去。
俺心想没有啥拿的，
买了一串水煎包，
又买一包糖疙瘩。
赶上这天下大雨，

衣裳淋湿路又滑，
两只小脚泥里扎。
走到门口四下撒[1]，
怕人家看见再笑话。
没见面，俺含羞脸发烧，
见了面，俺心里像猫抓，
情哥小脸黄又瘦，
俺心疼得像针扎。

---

1 撒：偷看。

嘱咐

小佳人病重泪兮兮，
伸手抓住丈夫衣。
为妻我不能陪你了，
我有话来嘱咐你：
你要挣的银钱少，
多买几件粗布衣；
你要挣的钱很多，
偷找媒人把媒提。
要娶就娶坐家女，
别娶后婚儿[1]大嫂，
照顾不了咱儿女。

我死了，
你要没钱买棺材，
床上拽下一张席。
小佳人的话没说完，
阎王叫她命归西。
男人给儿女戴上孝，
叫儿子街上磕头去。
扯着儿子抱着女，
儿女哭娘我哭她，
父子三人哭到家。

1　后婚儿：女人再嫁。

小媳妇跳河

小葡萄一嘟噜，
十八的闺女当媳妇。
不挨打，不挨骂，
跳到河里去死了。
捞出来，水嘟噜，
丈夫看见总是哭。
哭声妻，叫声妻，
啥事啥活难着你？
大衣裳请裁缝，
小衣裳咱娘做，
刷锅做饭咱嫂哩，
针线活儿妹妹哩，
搽胭抹粉是你的，
你心里还有啥委屈？

当媳妇

当天闺女赛天仙，
当天媳妇坐天监。
虽然没在监里坐，
比在监里还作难。

小媳妇跳河

俺庄有个张老六

俺庄有个张老六，
今年三十六。
娶个媳妇才十六，
生个孩子六斤，
干巴瘦。
请来大夫把他救，
大夫说：
气血不足，
没法救。

娶个媳妇不咋好

大娘家日子不太好，
大哥媳妇不好找，
娶来个媳妇不咋好。
脚又大，
脸又黑，
头上虱子刮半斤。
大娘不敢叫她把饭做，
怕她的虱子掉锅里。
叫她刷碗她裹脚，
大娘说：
穷人家娶个媳妇不容易，
盼着下辈有出息。

尿床

一个大姐她姓黄，
嫁了个小女婿光尿床。
头一夜尿湿红绫被，
第二夜尿湿象牙床，
第三夜尿得黄大姐光脊梁。
气得大姐噘着嘴，
叫我咋着穿衣裳。

打丈夫

说个大姐本姓王，
她的小女婿光尿床。
一更天尿得不能睡，
二更天尿得湿满床。
鼓打三更没啥尿，
大姐绣鞋尿一双。
可把大姐气急了，
掀开被子打巴掌。
先打得他叫姐姐，
后来打得叫亲娘：
姐姐亲娘别打了，
到明天我光吃干馍不喝汤。
渴得再狠也不喝水，
保险再也不尿床。

70年前，俺老家男老少都光腚睡。那时候俺那没有<del>背</del>睡。裹脚的女人穿软鞋睡。不知这样睡了多少辈子。

油灯

视。有布人们也不知做。三岁以下的孩子戴兜肚子
笑话谁。

打丈夫

小秃闹新房

刘二没事去正南，
看见小秃哭连连，
我问小秃哭啥哩？
小秃说：
"再晚几天娶媳妇，
头上没有毛，
怕俺媳妇嫌。"
刘二说：
"你到集上买个不拉钻[1]，
你把头上钻七个眼，
想安辫子有啥难？"
小秃一听红了脸，
下腰[2]捡起半块砖，
刘二说：
"我跟你闹着玩别这样，

我有好法对你言。
到明天去城里买个红顶帽，
再买一个大连排[3]，
你把辫子缝到帽子上。
你媳妇不睡你别睡，
等你媳妇她睡了，
你摘下帽子被窝里钻。"
小秃一听心欢喜，
高高兴兴回家园。

这几天秃二姐总发愁，
有时流泪难抬头，
嫂问妹妹愁啥哩？
二姐说：
"眼前我就要出嫁，

---

1 不拉钻：木匠用的打孔工具。
2 下腰：弯腰。
3 连排：假辫子。

没有头发咋不愁？”

嫂嫂说：

“我给你做了个假发套，

不知妹妹你喜欢不喜欢？”

妹妹戴上假发套，

有些含羞心里甜。

来到结婚这一天，

嫂嫂说：

“你丈夫不睡你别睡，

等你丈夫睡着了，

你再往被窝钻。”

新婚这夜俩人都不睡，

男秃说：

“你想把这灯熬干？”

女秃说：

“你要想睡你就睡，

俺睡不睡不用你来管。”

说得男秃心好恼，

伸手抓住流水纂。

女秃抓住男秃辫子使劲拽，

叽里咕噜闹翻天。

俩秃这架打得好，

谁也不把谁来嫌。

人家打架打得恼，

俩秃打得都喜欢。

男秃说：

“还是媒人会说媒。”

女秃说：

“咱俩买上二斤果子去把媒人看。”

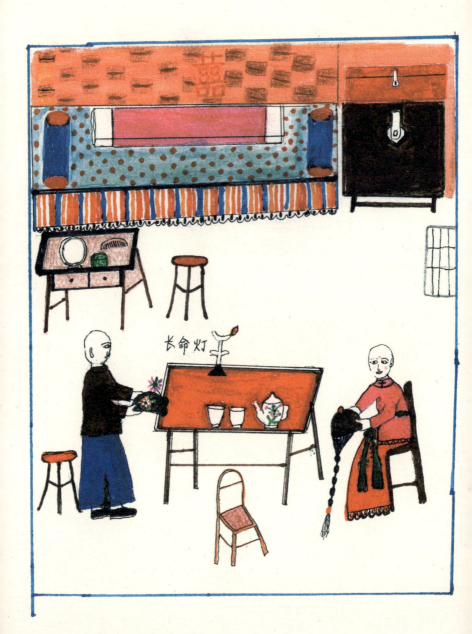

长命灯

小寡妇上坟

三月里，三月三，
正赶清明这一天。
小寡妇买来千张纸，
还买香、供和洋烟。
小寡妇身穿重孝林中走，
想起来丈夫泪不干。
行走林中来得快，
不远来到坟茔前。
男人烧纸画十字，
女人烧纸画圆圈。
拔下头上白银簪，
画个圆圈门朝里，
再把纸钱放里边。
烧纸烧得地皮黑，
不知丈夫得没得。
点酒点得地皮黄，

不知丈夫尝没尝。
烧完纸，摆完供，
小寡妇荒郊放悲声：
"哭一声丈夫呀你死了，
你叫为妻我咋着活？
咱的地，没人种，
为妻我脚小没干过。
二老公婆去世早，
为妻我一人在家里。
哭声丈夫好狠心，
没给俺留下一条根。
我想回俺娘家住，
又怕俺嫂多嫌[1]俺。
哭了声丈夫，你要有灵显，
把为妻接到阴间再团圆。"

1　多嫌：嫌弃。

妨女婿

一个大姐三十七，
如今还没找女婿。
为啥没把女婿找？
算卦算她妨女婿。
南庄该妨十七个，
北庄该妨二十一，
东庄该妨三十二，
西庄该妨四十七。
四外八乡算一算，
她该妨死女婿一百一十七。

这天媒人到她家，
来给大姐把媒提。
说的是东庄二秃子，
看个好日子二十七，
抬着花轿娶亲去。
大姐这里刚上轿，
娶亲婆子给妨死。

一路上妨死一群鹅一群鸭，
又把压轿的孩子妨死了。
妨死一帮吹鼓手，
四个抬轿的妨死仨。
还有一个没妨死，
撅着屁股往家爬。

一进门妨死老公公，
妨得婆婆命归西。
院子里妨死大伯哥，
一扭脸妨死小姑子。
大姐才想拜天地，
新女婿当场被妨死。
白天妨死人还不算，
夜里又来妨牲畜。
一更天妨死看家狗，
二更天妨死老叫驴，
三更天妨死老牤牛，

四更天妨死家兔子。

鼓打五更天明亮，

又妨死了打鸣鸡。

大姐一看心难过，

街上买来一刀纸，

人和生灵哭一起。

哭一声婆婆看家狗，

哭一声公公老叫驴。

哭声大伯哥老牤牛，

哭声丈夫家兔子，

哭声小姑子打鸣鸡。

提起包袱娘家去，

一辈子不嫁当闺女。

他妗子[1]

他妗子，拉砘子[2]，

拉到地南头，

拾了一窝小孙猴，

大的会作揖，

小的会磕头。

外甥说：

"妗子妗子给我个。"

"等到你舅回来着。"

1　妗子：舅母。

2　砘子：播种覆土以后用来镇压的石磙子。

说实话

黑天黑，白天亮，
谷秸[1] 没有秋秸[2] 长。
买个小驴四条腿，
驴尾巴长到驴腚上。
亲爷儿三个去赶集，
都没爷爷岁数大，
胡子长到嘴巴上。
俺说这话你不信？
豆腐没有猪肉香。

河里有水

河里有水，
庙里有鬼，
山上有石头，
河里有泥鳅。
人从桥上过，
水从桥下流，
麦子磨白面，
芝麻磨香油。
俺说这话你不信？
一百个老太太，
二百个妈妈头[3]。

---

1 谷秸：谷子的秸秆。
2 秋秸：高粱的秸秆。
3 妈妈头：乳头。

瞎胡诌

瞎胡诌，瞎胡诌，

大年五更立了秋，

公鸡下个双黄蛋，

老鼠下个大牤牛。

柳树上结石榴，

光腚孩子偷了一裤兜。

瞎子看见了，

聋子听见了，

哑巴就喊，

瘸子就撵，

撵到东西地南头，

叫没胳膊没手的抱住了。

吹牛

唱完小曲又接连，

山东有块好庄田。

一亩谷子打八石[1]，

一亩棉花拾九千，

一棵白菜占顷[2]地，

一个萝卜顶着天，

一个茄子碾盘大，

一个冬瓜似泰山。

地头上种了棵赖眉豆，

刺溜拐弯到云南。

两个丫鬟摘眉豆，

连来带去整六年。

我问丫鬟哪去了？

捋着眉豆上了天。

俺说这话你不信？

俺摘下个星星你看看。

1　石：读dàn，计量单位，一石等于十斗。

2　顷：计量单位，一顷地是一百亩。

小丫鬟

小丫鬟出门，
捡了半个钱。
铜钱笑我，我笑钱，
铜钱笑我少一个，
我笑铜钱少半边。
小丫鬟忙把香来点，
香烟引来一儿男。
小丫鬟一见心欢喜，
你是俺的小大哥，
俺破个谜语你猜猜：
什么虫上山一道线？
什么鸟下山乱点头？
什么有嘴不会说话？
什么没嘴瞎哼唷？
什么有腿不会走？
什么没腿串九州？

长虫上山一道线，
仙鹤下山乱点头，
茶壶有嘴不会说话，

弦子没嘴瞎哼唷，
板凳有腿不会走路，
大船没腿串九州。

小姐林英一听心欢喜，
林英说：
哥哥房里来叙话。

男孩说：
你爹娘嫌俺家贫贱，
今日分别永不还。

林英向前一把没拉住，
可怜林英叫皇天，
心里只把爹娘怨，
富人别把穷人嫌。

男孩说：
再来还找小丫鬟。

比比谁的年纪大

（男）说个老汉八十八，

家里娶了一枝花。

谁要有我年纪大，

我把老婆辱[1]给他。

（另一男）我是天上一蓬僧，

老天差我下天空，

黄河九百年澄一澄，

我经了黄河九澄清。

（女）我是天上女嫔差，

老天差我下天来，

你奶奶是我说的媒，

你爹是我拾的胎。

不是姑奶奶我慌得紧，

没有你这个土乖乖。

---

1 辱：输。

报花名

花开花败花段长，
隔河闻见牡丹花儿香。
牡丹开花颜色重，
青枝绿叶把花帮。
从那边来个俊公主，
把花一举她栽上。
正月里栽花花不长，
二月里栽花土里藏，
三月里桃花开杏花似雪败，
四月里蒲门开花闹嚷嚷，
五月里石榴开花像玛瑙，
六月里风吹荷花水皮扬，
七月里菱角开花如白面，
八月里风吹月季桂花香，

九月里菊花开得重，
十月里霜打眉豆花干到架上，
十一月和腊月没有花长，
雪窝里拱出来蜡梅香。
什么花姐？什么花的郎？
什么花帐子？什么花的床？
什么花的枕头？什么花的被？
什么花的褥子铺到床上？
富裕花的大姐，如意花的郎，
红菱花的帐子，木槿花的床，
迎春花的被子，石榴花的枕，
绣球花的褥子铺在床上。
小曲不长百十句，
哪句没花再添上。

问答

一闲一忙不出门，
出门碰见同方[1]的人。
俺问同方有多远？
哪道街上有你的门？

远来的善人你别待，
我打个谜语你猜不上来。
你知道哪道湾窄哪道宽？
哪道湾里走快马？
哪道湾里磨开船？
哪道湾里将就着过？
哪道湾是老龙潭？
哪道湾是神仙府？
哪道湾里过神仙？
哪道湾里栽桃树？
桃树栽了几道湾？
你知道几棵仙桃树？

1　同方：地名。

几棵酸来几棵甜?

甜的栽到河哪边?

酸的栽到河哪岸?

哪个人看桃桃园里?

哪个人送饭到桃园?

哪个人吃个仙桃成神仙?

哪个人能漱漱桃核一个跟头打上天?

远道的善人我不待,

你说的谜语我猜上来。

我知道头道湾窄二道宽,

三道湾里走快马,

四道湾里磨开船,

五道湾里将就着过,

六道湾是老龙潭,

七道湾是神仙府,

八道湾里过神仙,

九道湾里栽桃树,

桃树栽了九道湾。

我知道十八棵仙桃树，

九棵酸来九棵甜。

甜的栽到河对岸，

酸的就在河南间。

王母娘娘看桃桃园里，

九天的仙女来送饭，

吕洞宾担桃当街卖，

老君拦着讲价钱，

韩湘子吃个仙桃成神仙，

孙猴子漱漱桃核一个跟头打上天。

娶妻歌

太阳一出在正东，
有家娶妻的闹哄哄。
四个瘸子抬花轿，
四个豁子吹鼓手，
四个瞎子挑纱灯。
四个哑巴唱着戏，
四个聋子跟着听。
瘸子说：
今天抬轿轿不稳。
豁子说：
今天嘴唇不兜风。
今天唱戏的不出声，
整得聋子听不清。

假干净

假干净，尿刷锅，
和面盆里洗裹脚[1]，
尿盆子和面蒸窝窝。
丈夫说：
谁都夸俺媳妇干净又利索。

---

1 裹脚：裹脚布。

母鸡泪

路边站着一只鸡，
哭得两眼泪凄凄。
它把小鸡叫跟前，
为娘有话给你提。
我给东家下了很多蛋，
三伏六月暖小鸡。
我为东家受了很多苦，
功劳再大他不提。
今天东家来了客，
为了招待要杀鸡。
今天为娘得杀死，
娘有话来嘱咐你。
清早打食别起早，
别叫露水湿了你的衣。
上午别在路边站，
别叫老雕叼走你。
下午宿窝不要晚，
别叫黄鼠狼子吓着你。
母鸡话还没说完，
东家拿刀来杀鸡。

逃荒歌

月亮地，明晃晃，

南乡的大嫂来逃荒，

头里推着小车子，

后边跟着孩的娘。

孩他娘，别哭了，

前边看见车屋了。

走到车屋有处住，

支上小锅下糊涂。

丈夫井上去打水，

老婆孩子拾柴火。

糊涂做好了，

大人孩子喝饱了。

小嘛噶尾巴大 [1]

小嘛噶，尾巴大，
爹拉犁子娘拉耙，
奶奶跟着打坷垃。
牛马饿死了，
不拉没办法。

炸丸子

八月十五炸丸子，
小孩俩大人仨，
队长媳妇用把抓。
装兜里，油太大，
快点嚼，快点咽，
社员看见有意见。

---

1 这是饥荒年代的民谣。嘛噶：喜鹊。

车屋

油罐罐子

队长的媳妇

俺老家外前没烟囱，从锅门出烟。
八月十五炸丸子。

善人到了善人家

善人到了善人家，
搬个板凳先坐下。
我到厨房去烧茶，
倒了一碗九香茶，
润润喉咙念佛法。
一对茶盅白灵灵，
师傅念经俺就听。
师傅门前一道河，
一对鸳鸯一对鹅。
鸳鸯展翅鹅飞了，
一对莲蓬照满河。
莲蓬籽，往下落，
师傅死了徒儿多。

【风俗和劝导】

棉花歌

小花种，黑墨撮，
撒到地里匀落落。
庄稼老汉拿着长锄杆，
横竖锄它个七八遍。
开的花籽黄如海，
结的桃子像蒜辮，
桃子开花白成片。
老婆拾，老头担，
担到家里箔上晒，
晒得棉花崩焦干。

轧车轧，弹弓弹，
摸个梃子搩成鞭，
摸个棉车八个翅，
摸个锭子两头尖，
纺的棉穗滴溜圆。
搭车子打、逻子缠，
打巴打巴上浆面，
经线子的娘子跑如马，
挂线子的娘子坐两边，
织布的娘子坐花船。

穿衣裳

过了寒食寒十天，

清早晚上穿布衫。

穷人别受富人哄，

楝子开花才不冷。

您说这话哄拼种[1]，

打罢葱子才不冷[2]。

---

1 拼种：智力障碍者。

2 过去，很多穷人棉袄棉裤穿着热了，把里边的棉花拿出来，夏天还穿这身衣裳。要是把棉花拿出来早了，怕挨冻。

裹脚

今年俺才六岁多，
俺娘给俺撕裹脚。
撕的裹脚丈二长，
裹个小脚三寸长。
走一步，扶着墙，
哎哟哎哟我的娘。
走两步，扶着车，
哎哟哎哟我的爹。
哭死我，疼死我，
娘买馍馍哄哄我：
"妮儿啊妮儿，
裹个小脚，

嫁个秀才，
想吃馍馍，
端过肉来。
裹个大脚，
嫁个瞎子，
想吃馍馍，
领个瞎子[1]，
背着褡子。
妮儿啊妮儿，
你脚疼，娘心疼，
不裹小脚是不行。"

---

1 领个瞎子：意思是领着盲人出去给人算命。

从前的女人裹脚要把门插
丈夫，才能看见她裹脚。睡觉
叫换鞋，还有人用针缝上裹脚头
多数人家女孩七八岁裹脚。

用草编
的墩子

脚像屁股似的，不叫别人看，只有娘和

把脚裹紧，穿上软鞋，那时候，软鞋

开了，大地主，有钱人家女孩五六岁裹脚

说媒

眉豆花，四撇撇，
管家要娶小五姐。
谁说媒？王秀才，
领着小孩扛布袋。
十二个猪，
十二个羊，
十二个骆驼排成行，
大马拴到梧桐树，
小马拴住高山上。
脚蹬高山看看家，
看见一家富人家，
前大院里三层楼，
后大院里牡丹花。
院里坐个老太太，
丫鬟仆女看见仨。

新媳妇才十六

新媳妇，才十六，
针线活，不会做。
婆婆问：
"你在娘家干啥来？"
"拾柴，剜菜，摇辘轳，
牵着山羊放母猪。
会打台，会斗拐，[1]
还会扬场扛布袋。
犁耙地，俺都会，
打挑水，不算事，
俺还会把牲口喂。"

---

1 打台、斗拐：都是小男孩玩的游戏。她会干的活儿也都是男人干的。

110

小针扎[1]

小针扎，扎梅花，
从小我爱住姥娘家。
姥娘给俺好饭吃，
妗子给俺香粉擦。
一住住到十七八，
大舅给俺说婆家，
说了一家好人家。
又有骡子又有马，
又有大车拉庄稼，
又有小车走娘家，
还有丫鬟抱娃娃，
还有小狗舔屁屁。

新婚铺床歌

收拾收拾床，叠叠被，
小妮小小在里边睡，
你爹娶你娘去了，
饿了就叫奶奶喂。
大枣撒在床里边，
生个儿子做武官；
芝麻撒在床外边，
生个儿子做状元；
花生撒在床当当[2]，
生个姑娘做娘娘。
当官的爹，有福的娘，
是你大娘我来铺床。

1　小针扎：以前夏天潮湿，用两个硬袼褙做成装饰品，中间夹上头发，把
针扎在上面，可以防止针生锈。
2　床当当：床中央。

井绳

井

新媳妇才十六

打过这个

斗拐

打崩尔

过去的游戏

棍

拾子子

给新房点灯歌

进新房，黑影影，
俺给新人来点灯。
金灯配银灯，
瓦屋配楼厅。
点上灯，猛一明，
骡马成群栓满棚。
点上灯，你别吹，
大大的年纪活一百。
昨天陪着爹娘睡，
今天被里陪相公。

回娘家

擀面轴，两头尖，
俺娘把俺嫁金山[1]。
金山顶上莺歌叫，
俺想娘，谁知道。
娘想俺，哥来叫。
搬板凳，哥坐下。
哥喝茶，哥吸烟。
问爹好，问娘安，
一对小侄欢不欢？
掀开门帘去打扮，
粉红绸子小袄往里套，
外边又拢青蓝衫。
梳油头，挽水纂，

蓝衫外边披苫肩[2]。
绿绸子裤腿蚕丝带，
粉红缎子绣鞋藕牙尖。
去到堂楼[3]问婆娘[4]：
"叫俺住几天？"
婆娘说：
"天又冷，路又寒，
定下日子你作难[5]。
十天半月尽你住，
千万别住二十天。
咱这里有个腊八会，
赶会以前把家还。"

---

1 金山：地名，在巨野境内。
2 苫肩：披肩。
3 堂楼：堂屋。
4 婆娘：婆婆。
5 作难：为难。

那时候没有火柴，
得吹出火苗来点燃

子打火石，火星潜在火纸上，
子把长命灯点着，再把火纸插在火桶里。

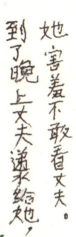

她害羞不敢看丈夫。
到了晚上丈夫递来给她，
新媳妇在椅子上等丈夫。

小红鞋

小红鞋，绿花朵，
出门碰见娘家哥。
手拉着哥哥泪很多，
有话跟俺哥哥说。
鸡叫头遍俺就起，
天不明的烧开锅。
老婆婆起来嫌饭晚，
老公公起来瞎哆啰[1]。
净米净面他们吃，
妹妹我一人吃的菜窝窝。

老婆婆嫌我吃得多，
扑通扑通踩三脚。
妹妹哭得说话难：
"哥哥呀，
这样的日子咋着过？
这样的日子咋着活？"
哥哥听了心窝火，
拉着妹妹找婆婆。
她的婆婆不讲理，
俺把妹妹领回去。

---

1 哆啰：唠叨。

小槐树

小槐树，槐又槐，

槐树底下搭戏台。

人家的闺女都来到，

咱的闺女还不来。

说着说着来到了，

爹看见，接包袱，

娘看见，接娃娃，

哥看见，倒杯茶，

嫂看见，一扭搭 [1]。

嫂嫂你别扭，

不喝你的茶，

不喝你的酒，

当天来的，俺当天走。

爹死了，烧金纸，

娘死了，烧银纸，

哥死了，烧黄纸，

嫂子死了，坟子头上抹狗屎。

1　扭搭：不高兴，转身走开。

小槐树

送灶爷爷上天[1]

上天言好事，
下界保平安。
保佑俺大囤满小囤尖，
年年不愁吃和穿。
俺年年给你换新衣，
初一十五烧香烟。

贴门神的歌

门神爷，骑红马，
一把大刀手里拿。
贴上门神守住门，
别叫恶鬼强盗进俺家。
看见恶鬼强盗你就杀，
年年有你的好香火，
还有你的纸钱花。

1　腊月二十三，祭灶，烧香，摆灶糖。把去年贴的灶爷爷、灶奶奶像揭下来烧了，这叫送灶爷爷上天。这首民谣是祭灶时唱的。

123

新年到

新年到，新年到，
穿新衣，戴新帽，
贴门神，放鞭炮。
小子要炮，闺女要花，
老妈妈[1]要个纱手帕。
受气的媳妇不敢要，
噘着嘴，
坐在房里拉鞋底[2]。

椿树娘

俺的个子老不长，
年夜里[3]去抱椿树娘。
椿树娘，椿树娘，
你长粗，俺长长。
你长粗了当材料，
俺长长了穿衣裳。

1 老妈妈：老太太。
2 拉鞋底：纳鞋底。
3 年夜里：初一夜里。

大年五更

大年五更把门开，
财神爷爷你进来。
大年五更扫当院，
一扫金，
二扫银，
三扫摇钱树，
四扫聚宝盆，
聚宝盆上站金人。

二月二

二月二，敲梁头，
金子银子往家流。
二月二，敲门框，
金子银子往家扛。
二月二，敲门枕，
金子银子往家滚。
二月二，敲瓢叉[1]，
十个老鼠九个瞎。
还有一个不瞎的，
眼里长个菠萝花[2]。
二月二，围大仓[3]，
男成对，女成双。[4]

1　瓢叉：水瓢。
2　眼里长个菠萝花：眼疾。
3　围大仓：用柴火灰围粮仓祈福。
4　男成对，女成双：男婚女嫁。

新年到

香台子

椿树娘

敲瓢叉

这是用灰围的，叫围仓，中间
挖个坑，埋五样粮食。

用五样粮食
蒸出来的干粮
叫多打，多打粮
的意思。

用二炒的黄豆
蝎子不。

男人到场里滚多打，
滚完了，拿回来，喂牛。

偷黏糕

二月二，闹吵吵，
妯娌二人煎黏糕。
妯娌二人抿嘴笑，
合计怎样偷黏糕。
也巧了，
公公挑水缸里倒。
妯娌二人发了毛，
赶快藏热黏糕。
大媳妇藏到腚后边，
二儿媳妇藏了一裤腰。
听见刺啦一声响，
不好了！

大儿媳妇烫得腚上出了水，
二儿媳妇烫得肚皮很多大水泡。
俩人赶紧往院里扔，
公公头上接着了。
公公抬头天上看，
脸上又落热黏糕。
妯娌俩烫得再疼不吭声，
烫得公公放下水筲[1]嗷嗷叫：
"老天爷下雪又下雨，
今天咋还下热黏糕？"

---

1 水筲：水桶。

八月十五

八月十五月儿圆，
西瓜月饼供老天。
供得老天心欢喜，
一年四季保平安。

夜哭郎[1]

天皇皇，地皇皇，
俺家有个夜哭郎。
行路的君子念三遍，
一觉睡到大天亮。

---

1 俺小时候，谁家要是有夜哭的孩子，家里就请人把上边的话写到纸上，
贴到道边的树上。

怕

天不怕，地不怕，
就怕飞机拉屁屁。
穷了怕挨饿，
富了怕老缺[1]。
穷怕客，富怕贼。
忤逆不孝怕打雷。

井王爷

井王爷，
公平又实惠。
穷人富人去打水，
他不分穷富一样给。

---

1 老缺：土匪。

锔花瓶

进庙门，天暗了，
俺把花瓶打烂了。
碎了一百零八块，
俺请匠人锔起来。

出门看见老唐僧，
敲着木鱼念真经。
俺问唐僧哪里去？
俺到庙上锔花瓶。

里锔龙，外锔凤，
中间锔上十样景，
四角又锔四样花。
把花瓶锔好了，
人人见了人人夸。
谁要学会锔花瓶，
光享荣华不受穷。

1　讨：请求。

小鲤鱼

小鲤鱼，口口香，
游游摆摆过大江。
过了大江过大海，
过了大海讨[1]玉皇。
玉皇老爷撒红云，
步步踩着莲花盆。
莲花盆里花一朵，
哪里烧香都有我。

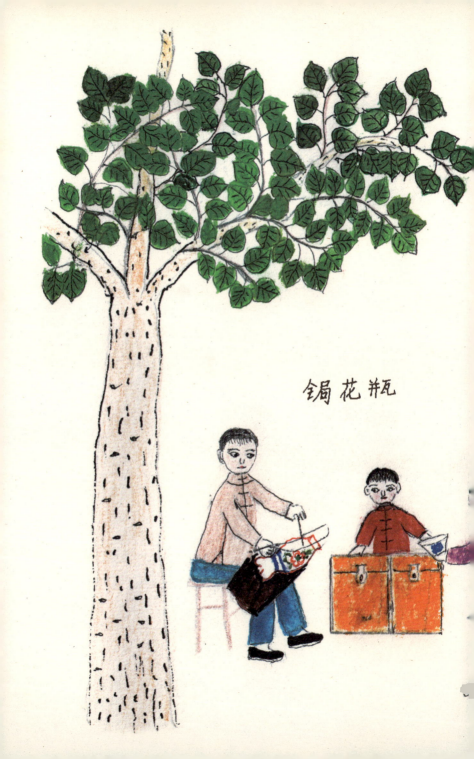

锔花瓶

行善

善人劝大嫂去行善，
叫她烧香她没钱，
叫她行善不得闲。
叫她得病她得闲，
叫她吃药也有钱。
两个小鬼来拉她，
拉拉扯扯到阴间。
早知道阴间身受苦，
砸锅卖铁也行善。

下雨了

天上下雨地下浸，
人留子来草留根。
人留子来防备老，
草留根来等来春。

吃梨

俺的娘，想吃梨，
没有街，没有集，
没有闲钱去买梨。
俺媳妇，想吃梨，
下着雨，打着伞，
踩着泥，
给媳妇去买梨。
买了几个雪白梨，
挖了核，打了皮，
把梨送到媳妇手心里。

小嘛噶尾巴长

小嘛噶，尾巴长，
娶了媳妇忘了娘。
落白饼，卷砂糖，
媳妇媳妇你先尝，
我到家北找咱娘。
俺的娘，实在忙，
纺着棉花看着场，
大鼻涕，哭老长，
哭得两眼泪两行。

139

想吃再

劝姑娘

东西大街路北旁，

黑门大字写得强，

上写着祖孙几代出进士，

下坠三纲和五常。

三纲和五常都不讲，

咱说说老妈妈劝姑娘。

一学纺花和织布，

二学调面去擀汤，

三学绣房里把花绣，

四学巧女送安详，

五学床前多行孝，

六学走路要端庄，

七学鹊桥会鸳鸯，

八学磨道李三娘，

这些言语都学会，

别叫大风刮耳旁。

明天就该你出嫁，

明天到了你家乡，

明天搬到你家下，

天进院里拜花堂。

闺女爱打架

石榴花开红似火，
转圈绿叶围着我。
俺娘叫我织布我不会，
叫我做活儿难死我。
我的胳膊粗拳头大，
生来就是爱打架。
天不怕，地不怕，
就怕不好说婆家。
娘啊娘，好狠心，
二斤果子许了亲。
黑碗碴子一大摞[1]，
稀糊涂汤子灌死人。

劝闺女

月姥娘，明晃晃，
老妈妈劝闺女。
一学织布纺棉花，
二学做鞋做衣裳。
再学公婆面前多行孝，
学你大姐绣鸳鸯。
你学寒窑王三姐，
再学磨坊李三娘。
什么活儿都学会，
人家说你巧媳妇多贤良。
你要啥活都不会，
打你身子骂你娘。

1　黑碗：用泥烧的黑色粗碗。碴子：用的年头多，碗有了损伤。一大摞：暗示家里人口多。

纺棉花

弹棉花

搓棉条

小杨叶哗啦啦

小杨叶，哗啦啦，

俺那里有她姐妹仨。

大姐会插[1]枕头顶，

二姐会插牡丹花，

剩个三妮儿不会插，

安个锭子去纺花。

一天纺了八两线，

爹也夸，娘也夸。

婆家听说要娶她，

梳油头，戴仙花[2]，

腊月十六娶到家。

---

1 插：绣花。

2 仙花：好看的花。

妹妹出嫁

大哥陪送描金柜，

二哥陪送描金箱，

三哥陪送好嫁妆，

四哥陪送好衣裳，

剩个五哥没啥陪，

骑着白马看妹妹。

五个嫂嫂那个巧，

大嫂教俺织花绫，

二嫂教俺扎花瓶，

三嫂教俺小针扎，

四嫂教俺烙小饼，

剩个五嫂没啥教，

教俺坐到堂屋当门骂公公。

"谁家公公叫你骂？

撕你这个小可叉[1]，

打你两个小嘴巴。"

小杨叶哗啦啦

娘爱赶会你别拦

小焦饼，滴溜圆，
多掌[1]芝麻少掌盐。
烙了焦饼送给婆婆吃，
婆婆吃了很喜欢。
劝丈夫：
"咱娘赶会你别管，
俺娘赶会你别拦。
她一年能赶几个会？
一年能花几个钱？
老人如意咱如意，
老人喜欢咱喜欢。
等到咱俩老了后，
儿女这样待承咱。"

做梦

日出东，落在西，
夜里做梦无人知。
做个好梦心欢喜，
做个噩梦挂心里。
吃完早饭把门串，
俺把噩梦说一遍，
叫俺大娘把梦圆。
大娘说：
"你多做好事多干活儿，
伺候得公婆笑嘻嘻，
噩梦也能化成吉。"

---

1 掌：放。

拐棍歌

拐棍拐棍一来一，
我离了拐棍走不了。
拐棍拐棍两来两，
拐棍比我的儿还强。
拐棍拐棍三来三，
儿家的碗真难端。
拐棍拐棍四来四，
儿媳妇眼里好像一包刺。
拐棍拐棍五来五，
知不道老了这么苦。
拐棍拐棍六来六，
知不道老了这么瘦。
拐棍拐棍七来七，
万贯家业是我置的。
拐棍拐棍八来八，
万贯家业舍了吧。
拐棍拐棍九来九，
阎王不叫自己走。
拐棍拐棍十来十，
老婆死了三天就没人提。

别忘爹和娘

一棵白菜长得高，
师傅打水土地浇，
浇来浇去浇活了。
两棵白菜叶里黄，
坐到床上想爹娘。
想起爹来爹抱俺，
想起娘来睡湿床。
左边湿，右边晾，
把儿抱到烘篮上。

四棵白菜撕进坑，
拉巴儿女一场空。
喊声娘来别说那，
老了把你送进南北坑[1]。
柏木板，把你盛，
你的罩子把你蒙。
拾了个礼相行大礼，
两班响器吹得不住声，
一口一个娘来到，
披麻戴孝送你南北坑。

---

1 南北坑：坟墓。

小公鸡

小公鸡，冠子红，
头戴凤冠身穿绫。
四面八方听俺叫，
生意买卖听俺声。
天天催人早早起，
俺没有大功也有小功。
钢刀杀我你心可忍？
绣花针剥刺你嫌疼！
今世我不会说话，
等到来世再论清。

压龟

闲着没事去正北，
看见庙前有石碑。
石碑下边压着龟，
龇着牙，咧着嘴。
我问："压龟干啥哩？"
"嫌他卖酒掺凉水。"

不怕

孝敬父母不怕天，
交上皇粮不怕官。
为人别干亏心事，
半夜敲门心也安。

家东边是大坑，雨下大了，坑满了，有一丈多深，老辈子，坑很大，蛤蟆多，一帮小孩喊：风来了，雨来了，蛤蟆模叫的时候，气囊一鼓一鼓的。

百时屯的声音

百时屯庄大，做买卖的都愿意到俺庄来。

外边要是有"梆——梆——梆——"的响声，这是卖香油的。左手拿个木头油梆子，八寸长，右手拿个木棍，一敲梆梆响。

卖香油的都挑着挑子卖，装油的瓦罐装在木桶里。

家家都没钱，用芝麻换香油。常有三四岁的小孩唱："卖油的敲梆梆，你娘没在俺庄上。"

有一个响声，叮当叮当地不停，这是卖棉花油的。卖棉花油的都推个木头轱辘小车，车子底下有个铁铃铛，跟小盆差不多大，八寸深，中间有根棍和擀面杖一样粗，一拉绳子，棍子往两边打，铃铛就叮当叮当响。

不大一会儿，来了很多人，都拿着棉花籽换油。俺那里种棉花，家家都有棉花籽。

还有一种响声，"哗啦啦——哗啦啦——"，这是张箩、旋锭子的。他用的好像是一串铁片子，进庄以后往上一拎，就哗啦啦响。

159

都是算卦的，男瞎子和女瞎子动静不一样。女瞎子左手拿个粗木棍探路，右手拿个细木棍，进庄以后，她用细木棍顶两下粗木棍再敲一下："叮叮哐——叮叮哐——"不知道啥木头的，木棍特别响。

想算卦的，就把她的棍子拿起来领走。冬天领到晒太阳的地方，热天领到树荫下，也有往家领的，坐下就算。

"当——当——"这是男瞎子的动静。他一手拿棍子探路，一手敲锣，锣上拴个小木棍，木棍在手心，锣在手背，手一歪就当当响。

瞎子管探路的那根棍子叫"马"，那时候有个谜语："点点入地地不湿，起名就叫千里驹，各州府县都走到，亲戚朋友借不得。"谜底就是瞎子用的木棍。

董官屯有个算卦的瞎子叫王化山，常来百时屯，他跟俺妹夫家是邻居。妹夫在家排行老三，三岁没爹，家里很穷。

有一天，化山来家找妹夫的娘说："嫂，你家老三能不能给俺领道去？俺供他三顿饭。"

妹夫六岁了，在家不能干啥，娘说："中，明天吃完早饭，俺叫他去你家。"

第二天吃早饭的时候，娘跟老三说："你去给化山叔领道去，遇到不好走的路，你就说不好走，慢点儿走。"

老三很听话，吃完饭就去了。

化山背起箱子拿起棍子，他说："牵着马，咱走吧。"

有老三领路，他就敢快走了。

走累了，化山说："咱歇歇吧。"

两个人腔对腔坐到小箱子上，化山问："这块有人吗？"

老三四外看了看说："没人。"

化山说："俺给他们摸骨的时候，要是女孩你就说'斗'，要是男孩你就说'升'，你别看着俺说，记住没？"

老三说："记住了。"

化山又说："这事就咱俩知道，回家别跟你娘说。"

老三说："中。"

老三很聪明，化山给人家摸骨的时候，老三看准男女就离开了，男的他就说"升"，女的他就说"斗"。

那阵子化山没少挣钱，都知道他摸骨摸得好，一摸手就知道是男是女。

这天，俩人去了曹楼，化山在那算卦，老三看见亲戚家的小孩，就跟小孩去玩了。老三玩了一阵回来看化山，身边一个人没有，化山拉着脸，说："今天不给你饭吃。"

老三猜到自己没在身边，化山摸骨没摸准，啥也没说直接回家了。

娘问："三，今天回来得早呀？"

老三说："今天他不叫俺吃饭，俺回来了。"

正要吃饭，化山进屋了，找老三去他家吃饭。

第二天，两个人还像以前一样，老三给他领路。

摸骨的事，化山不叫老三跟外人说，老三跟谁都不说。化山死了好多年后，妹夫才跟妹妹说了。

老包

卖货郎

卖香油的

命先生

"拨楞嘣——拨楞嘣——拨楞嘣嘣嘣——"这是货郎挑子进百时屯了。货郎把挑子往那一放，大人小孩都围上来，有买东西的，也有看热闹的。挑子不大，卖的货很全。

大人用粮食换针头线脑，小孩跑回家找头发，家人梳头掉下来的头发攒够一把，能换两个糖疙瘩。俺学做活的时候，用一团头发换过针头线脑。

"当，当，当当！"这是百时屯老包在敲铜锣，他天天在庙门前的庙台子上卖货，他的大平篮子里有花生、打瓜子、糖葫芦、芝麻大糖。

剩下的叫卖就简单了，卖豆腐、包子、糖糕、香油果子的，卖啥吆喝啥。

小时候的宠物

一九四四年，俺七岁，住在巨野城里。

有一天，邻居小兰送给俺一块三寸的方布，蓝色的。

俺问："这是啥?"

她说："你打开看看。"

俺一看，上面有一层密密麻麻的白东西，一个个比米粒还小。我问："这到底是啥?"

小兰说："这是蚕子，你回家叫你娘暖上吧，现在是暖蚕的时候，俺家年年养蚕卖钱。"

俺很高兴，拿回家，正好二姨在俺家住，俺把蚕子给了二姨。

她在贴身的衣服上缝个兜，黑天白天穿着，这就是暖上了。

二姨干净又勤快，就是命苦，三十多岁死了丈夫。把儿女拉巴大后，经常到俺家住些天。

不记得多长时间了，二姨把那块布从身上拿下来。

小蚕出来了，灰不拉几的，像小蚂蚁那么大，像线那么细，都一动一动的。

俺去找小兰要桑叶，桑叶都很嫩。

二姨把剪子洗干净，把桑叶剪得很碎，喂小蚕。

那时候，巨野城里城外有很多桑树，桑葚有的是，谁都不当啥好东西，外人想吃就摘。

家里有了蚕，就像现在的孩子有了宠物，俺天天惦记着看看它们，三天两头跟小兰出去采桑叶。小兰比俺大两岁，她到树上采桑叶，俺在下面等着。

开始，二姨用一个盘子养蚕，下面铺黄草纸。

小蚕长大了，盘子装不下，换成一个小干粮筐子，又换成一个大筐。

等大筐装不下了，二姨把蚕放到一个小床上，底下是被，上面铺纸，四下用板子挡上。

刚开始，俺采几把桑叶能喂好几天。

后来，桑叶吃得多了，俺得天天采桑叶，还赶集买过桑叶。

蚕总吃总拉，长得也快。蚕拉的屎不臭，有股清香味。等拉的屎大了，二姨把蚕屎晒干，给俺侄子装了一个小枕头。

蚕挪到床上以后，到了夜里，能听见床上哗哗响，那是蚕在吃桑叶。

过些天，蚕变粗变白。

再过三四天，蚕透亮了，肚子里好像没屎了，这就要干活儿了。

二姨让俺到外面弄个树枝子回来，弄回来以后，她把树枝子往床中间一插，有些蚕就爬上去干活儿了。

蚕干活儿的时候，脑袋左摆右摆，它们先吐的丝叫"框丝"，把干活儿的地方用框丝固定好，接着吐丝做茧，不大会儿就看不见它了，四外全是蚕丝。

再过几天，蚕在里边变成蛹。这时候就该取丝了，取完丝，把蚕蛹煮了吃。

二姨一直住到蚕干完活儿，她回家的时候蚕茧都拿走了，回家取丝去了。

二姨用蚕丝染了好几根头绳，还给俺娘做了绑腿带子。

老家管麻雀叫"小小虫"。

小小虫抱窝的时候，俺们几个小闺女抬着梯子到房檐下掏，掏出来自己喂着玩。

喂着喂着，喂死了，再抬着梯子去掏。

刚出蛋壳的小小虫，身子发红，一根毛没有，不睁眼，黄嘴叉。饿的时候叫，嘴老大了。

在百时屯的时候，俺喂死过四个。

这回，她们给俺一个小小虫，俺在它身子底下铺层棉花，身子上盖层棉花，娘帮俺喂活了。

小小虫长出来翅膀，俺想出去玩，把鸟笼打开，它飞出来，落在俺肩膀上。

俺抓住它一扔，它跟着俺飞，俺走多快，它飞多快。

俺跟别的小孩玩，它就站在俺肩上，常拉屎拉俺一后背。

抬梯子,
摸麻雀。

它的翅膀长全后，来了一个大的小小虫，它跟着飞走了。

回家后，俺跟娘说："来了个大的小小虫，俺的小小虫跟它飞走了。"

娘说："那是亲娘来接它哩。"

烧小窑

俺六岁那年，三哥去家北地里看庄稼，俺跟着去了。地瓜和黄豆都长好了，怕人家偷。

到了地里遇到连祥和小六，他俩带着小铲，一边看庄稼一边用铲割草。

连祥说："咱烧小窑呗。"

三哥说："中。"

头天刚下完雨，地也好挖，三哥拿过小铲在地头挖个了圆坑，一尺深，一尺多长。

挖完圆坑，他又挖门，在圆坑一边挖出个长条坑，再从窑门这边往圆坑底下掏土。

挖出来的那些土，都攥成一块一块的土坷垃，一圈一圈地摆在圆坑上面。

小窑跟地上的锅灶差不多，就是小很多，是挖出来、掏出来的。

三哥挖窑，俺仨拾柴火，不多会儿就拾够了。

三哥问："谁带洋火了?"

小六说："俺带了五根。"

连祥说："俺也带了五根。"

地头上有以前用过的小瓦片，三哥拿着洋火在瓦片上使劲划，划了两根洋火，点着了。

他们仨都去自己家地里扒了四个地瓜，三哥还拔了几棵毛豆。

等小窑烧红了，就不烧了，连祥的地瓜放左边，小六的地瓜放右边，俺的放上边，毛豆也放进去。

东西放好，把小窑打碎，上面再埋上土，用脚踩踩。

大约两个小时，地瓜就熟了。把小窑扒开，各拿各的地瓜，坐在地上吃。小窑烧的地瓜太好吃了，比现在的烤地瓜还好吃，又甜又筋道。

吃饱了，想喝水，小六说："俺地垄沟里有水。"

俺四个去了他家地里，地垄沟里的水清清亮亮的。走到水深的地方，捧起来就喝，喝一捧，换个地方。

吃饱喝足了，中午都没回家吃饭。

小六家的地垄沟为啥有水? 连边地那家总想多种小六家地，小六家把地边的垄沟犁得深点儿，不叫那家占便宜。垄沟深，下的雨就存住了。

俺男人说，他小时候经常烧小窑。

三大娘家的福年哥跟他同岁，比他大四个月。他第一次看庄稼，他俩也挖了一个小窑，两个人都往小窑里放了七个地瓜。

地瓜快熟了，他去林柳趟子里拉了泡屎。

回来再看，福年哥不见了，小窑扒开了，大地瓜福年哥都整走了，还剩七个小的。他很生气，对付着吃了。

他回到家，先挨娘一顿打。

娘脾气不好，说老徐家找家来了，他们烧小窑把人家马莲墩烧死了。

以前的地一家挨一家，有在地边栽马莲的，也有埋石头的。要不，种地找不到地边。

他挨完打，爹整了块石头，给人家埋到马莲墩子那儿。这样的石头，叫"地界石"。

哪次烧小窑，都是他带洋火，拾柴火，福年哥挖窑。他身上没有兜，总把洋火插到衣裳底边缝里。

这回，可能拾柴火碰到露水了，福年哥在鞋底子上连划三根洋火，洋火头都划掉了，没划着。

还有两根洋火，不敢用了，他俩晒洋火。

洋火晒干以后，一根就点着了。

小窑烧红了，福年哥的七个地瓜放在左边，他的放在右边，打碎小窑，埋上土踩踩，他们都回家吃午饭。

晒洋火耽误一上午，没吃上地瓜，他有气。

在家吃了一个窝窝，他就回地了，地瓜该熟了。

他把十四个地瓜都扒出来，往小窑里拉了一泡屎又埋上，用小褂把地瓜包上，一边吃一边走回家，一家人把地瓜都吃了。

福年哥吃完饭，回去扒小窑，扒得俩手黏糊糊，不知是啥，闻到臭味，才知道是屄屄，哭着回家了。

福年哥哭着跟三大娘一说，三大娘去找他娘了。

他知道自己要挨打，赶紧去了巴庄姐姐家，住了六天。

姐夫怕他回家挨打，特意把他送回家。

那时候的洋火，都是粉红头，可新鲜了。后来时兴黑头的，不叫洋火，叫火柴，离了火柴盒划不着，老百姓管它叫"离盒丢"。

吃燎麦

麦子快熟了，得有人看。

俺小时候，白天看过麦地。

看麦子的小闺女，经常在一块玩游戏，俩人一伙。玩之前，都上自己家地里掐几棵麦穗攥手里。

有个玩法叫"插麦圈"。一个小闺女用麦秸莛子编个银圆大小的麦圈，再把细土扒成堆，麦圈放到土上，一推土就看不见了。另一个小闺女用柴火棍往土里插，插到麦圈拉出来算赢，赢一个麦穗。要是拉不出来，输一个麦穗。

输的人啥时候赢了，才能推土埋圈。

还有个玩法叫"拉麦穗"。俺和爱莲对坐，都在自己这边沙土上划一道。俺把麦穗放在俺的道上，爱莲用她的麦穗拉，拉过她的道，赢一个麦穗。拉不过去，输一个麦穗。

玩完这把，俺再去拉她的麦穗。就这样来回玩。

玩饿了，俺们拾堆柴火，燎麦穗。

麦穗都去自己地里找，掐的时候带着麦秸，十几棵麦穗绑成一把。爱莲掐的麦穗最多，有二十几棵。

把柴火点着了，各人拿着各人的麦穗在火上燎，燎好了，冷凉了，再坐在地上搓麦仁。俺的手小，一次就能搓俩麦穗，搓下来麦仁，用嘴吹吹，没有麦芒了再吃。

吃完麦仁，小手都是黑的，小嘴也是黑的。

俺四个小闺女都六七岁，八岁的都裹脚了，走不到地里。

有的人家把青麦穗整回家，做饭的时候在锅门上燎。燎好了，放到簸箕里搓，搓好了，簸簸，簸好了一家人吃。

有一次，俺在地里吃完燎麦回家，娘和大嫂看见俺都笑。

大嫂拉着俺拿个镜子叫俺看，俺也笑了，里面的小闺女像个花脸狼。

大嫂给俺整了半盆水，帮俺洗。

邻居二妮儿七岁，看麦子的时候吃生麦穗，把麦芒吃到嗓子眼。喝水冲，没下去。大口吃馍，也没咽下去，爹娘愁坏了。

那天俺家来了个亲戚，他是位先生。听说这事，他跟大哥说："把孩子领过来，俺给她看看。"

二妮儿来了，先生跟她爹说："看好了你别喜，看不好你别恼。"

二妮儿爹说："你好心好意给孩子看病，还不收钱，俺感谢不尽。"

先生说："你用瓦罐去井里打水，就打一下，提过来别回头。"

水打来了，先生说："你要个碗，把水倒碗里。"

先生两手捧着碗，对着太阳蹲到地上，左右画了两个十字，他用脚踩上，嘴里不知念叨些啥。

俺家大门外，来了很多人，都是看热闹的，谁也听不清先生念叨啥。

不念叨了，先生把左脚抬起来，用手在十字中间捏了点儿土，右脚这边也捏了点儿土，都放到碗里。

他站起来后，叫二妮儿喝水。

二妮儿刚喝两口水，麦芒下去了。

大哥跟先生商量："您把这招教给俺呗。"

先生说："不能教，教给你，俺再用就不灵了。"

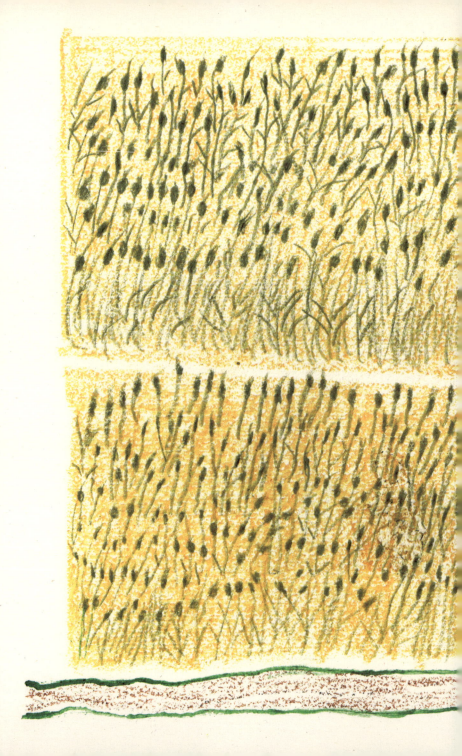

拉麦穗

烧燎麦　　插麦圈

养蛐子

小时候俺养过蛐子，养的都是公蛐子，母蛐子不叫。蛐子浑身绿色，一寸多长，有翅子，不会飞。

养蛐子得先把笼子扎好。俺看人家扎蛐子笼用竹劈子，编蛐子笼用秫秸糜子。

娘帮我扎蛐子笼，用的是刮头篦子。

娘先烧热水，把不用的篦子泡上。泡一会儿，把篦子拆开，把篦齿插到三根秫秸莛子上。不多会儿，三角形的笼子扎好了。

有了笼子，俺去地里抓蛐子。

蛐子好抓，听见哪块蛐子叫，就到哪里好好找。

有人到了，它不叫了。看见了，它就跑不了。抓蛐子，捏住头，或者捏住后背，让它咬不着。

这天上午，俺抓回来俩蛐子，放到笼子里一个。俺家院里种了几棵眉豆，另一个蛐子俺放到眉豆架上。

俺把蛐子笼也挂眉豆架上，把架子上的眉豆叶插到笼子里。有眉豆叶吃，外面的蛐子也不跑，两个蛐子可肯叫了。

养蛐子的多数是小孩，邻居四嫂五十多岁了，她也养蛐子。

四嫂就一个儿子，娶了媳妇，媳妇做饭，她没事。

四嫂冬天也养蛐子。

天快冷的时候，她从地里找回来没长成的小蛐子，放到蛐葫芦里。

蛐葫芦比皮球大点儿，上边有很多眼。葫芦盖上拴个绳，挂到内衣扣子上，外边穿上棉袄，那叫"暖蛐"。

冬天没啥喂的，只能喂白菜，蛐子在身上吱吱地叫。

一九六〇年，俺来到黑龙江，这边没蛐子。

跟蛐子长得差不多的，当地人叫"蝈蝈"，比老家的蛐子小很多，叫声没有蛐子大，也没蛐子好听。

香台子

咋过冬天

那时候，老家冬天有这个说法："为人活受罪，清早暖凉衣，晚上暖凉被。"

过去的房子窗户小，三尺高，二尺宽，里面是密密麻麻的窗户格子，挡了很多光，屋里黑乎乎的。无冬历夏，家家白天敞着门。

多数人家小窗户上还绑个篮子，篮子上盖个草帽，那是鸡下蛋的地方。

以前的窗户，冬天不糊纸。晚上关了门，八下透风。

火盆都是土瓦盆，做完晚饭，家里的女人把锅底灰收到瓦盆里，怕灰烧尽了，上面压半块砖。

睡前，女人先把烘篮[1]扣到床上，再把砖拿下来，把火盆放进去。火盆底下垫块木板，被子搭到烘篮上，烤热了再睡。

火星子掉到床上，半夜着火的事有过。

---

1 烘篮：用竹片、柳条等编成的笼子，罩在火盆上，用来烘衣服或被子。

孩子几个月大，当娘的光怕冻着，蒙在自己被子里。捂死孩子的事，哪年都有。

要是大冬天来了客人，问完好，俺娘就说："快去抱柴火！"

三哥把柴火抱来，在堂屋当门地上点着，冒的烟老高。娘拉客人过来，烤烤火。

白天，外面比屋里暖和，都出去晒太阳。

没风的地方人很多，女人有纺棉花的，也有做针线的。

孩子一个个穿得像棉花包，摔倒了，头也挨不着地。一两岁的孩子，一条小棉裤絮二斤棉花绒子。这样的小棉裤，往那儿一放，能站住。

小孩子的棉裤都露屁股，快黑天的时候孩子哭闹，手脚冰凉，爷爷奶奶就把孩子棉裤脱了。

那时候男女都穿大裤腰的裤子，带大襟的大棉袄。把大裤腰往外一翻，让孩子坐到大人肚皮上，再用大裤腰兜住小屁股，用大襟棉袄左右一盖，这叫"揣孩子"。

阴天了，不能晒太阳，多数人家用簸箕端来不能烧大锅的柴火末子，放在堂屋当门。先用好柴火点着，再压上柴火末子，让它慢慢着。谁的手脚冻得受不了了，到火堆上烤烤。

冬天下雪，多数站不住，随下随化，院子里连水带泥。以前的棉鞋都是自家做的，弄湿就不暖和了。女人在家换上旧棉鞋，男人出门得穿泥屐子。

泥屐子是一块长条板子，前后两边再钉块厚点儿的木板，中间钻几个眼，用绳子把棉鞋绑住。这样出门慢点儿走，踩不到泥。

老家人好客，可那时候有句话："穷怕客，富怕贼，忤逆不孝怕打雷。"要是没有客人，面糊子就是菜了。切点儿葱姜辣椒，往碗里放上白面和油盐，用开水搅搅放到锅里，跟窝窝一锅蒸熟。人少的蒸一碗，人多的蒸两碗，这是一家人的好菜。

来客人就麻烦了，一般蒸两和面的宁窝窝[1]，锅里蒸一碗辣咸菜，放上葱和油，上面打上两个鸡蛋。再端上黄豆，换几块豆腐，放上白菜一起炒，这就两个菜了。

轻易蒸菜不炒菜，是为了省柴火。割完麦子，麦秸轧了喂牛，麦栅[2]铲回家烧，烧完麦栅，就没啥烧的了。

没柴烧和没粮吃一样难，急的时候有句话："屋里转三遭，除了盆罐都能烧。"说是那么说，桌椅板凳能烧吗？也就是破篮子、破筐，还能对付几顿饭。

等收完高粱，高粱秸晒干，能烧一阵，再有就是豆根了。地硬的时候拔不下来，下几次雪，一冻一化，才能拔下来。不太冷的天，拔一上午豆栅子[3]能做四顿饭。

以前哪有啥手套，大人孩子都裂手。俺的小手上有大口子，也有小口子，出去玩不敢打线蛋，一拍线蛋，口子就出血。

1　宁窝窝：鲁西南地区以前的面食。先把白面和黑面（黑面是高粱面和豆面混合而成）各自擀成饼，白面在下，黑面在上，撒上葱花油盐，卷好后揪成面团蒸熟，平常人家待客用。

2　麦栅：麦茬，当地人把麦茬称为麦栅。

3　豆栅子：豆茬。

裹脚

大娘问二妮儿：哭啥哩？

二妮儿娘说：叫俺打了。

大娘说：这么好的孩子，打她干啥？

二妮儿娘说：你看她的脚！俺大妮儿知道要好，她的脚一冬就裹下了。二妮儿的脚裹一年了，跟没裹一样。俺才知道，黑天俺把她的脚用裹脚带子绑好，俺睡了，她就打开，光脚睡。

大娘听了哈哈大笑，说：人家说，"白天裹脚黑天放，放得脚丫子大白胖"。前天，大孩娶媳妇，俺去看新媳妇了。回来都问我：新媳妇脚小吧？俺说："小脚不大片里有，二斤半一个脚趾头。"大家哈哈大笑，都知道大孩娶个大脚媳妇。二妮儿啊，说是说笑是笑，还得好好裹脚。

二妮儿含着泪说：疼呀，睡不着。

大娘说：裹脚都疼，裹下了，就没恁疼了。小脚穿木头底鞋多好看呀，"木头底咯噔噔，两头着地当中空"。

爬树

俺五岁的时候，跟爱莲学会爬树。

山东的榆树长得高，再高的树，俺也能爬，爬到树上俺骑个树杈，就不敢动了。

正是撸榆钱的时候，六岁的爱莲在榆树上撸榆钱，敢在树上来回走，撸完这边撸那边。她把小布衫装裤腰里，把腰带扎外边，撸的榆钱装到布衫里，装得前后鼓鼓的。

她说："姑奶奶，你先下去，俺也下去。"

俺一个榆钱也没撸，下的时候抱着树身子滑下来。

爱莲说："你那样下树不中，几天你的衣裳就磨烂了，得慢慢下。"她下树的时候手抱树，脚踩树，身子腾空，一步一步下来。

下来以后，爱莲说："你张开兜。"

那时女孩都穿有大襟的小褂，俺张开大襟，她给俺装榆钱。

俺把榆钱兜回家，娘问："谁给的?"

俺说："爱莲给的。"

当天中午，俺家蒸了榆钱窝窝。

百时屯有三棵大榆树，三丈多高，都是小民家的。树干越长越细，大人爬树晃得厉害，上面的榆钱没人动，爱莲惦记上了。

第二天吃完早饭，俺和爱莲爬上一棵大榆树。

有人看见，跑去跟俺娘说："老奶奶，你家小姑奶奶跟莲妮儿爬树哩，这么小的孩子上那么高的树，那可了不得。"

俺娘偷着去看了看，没敢去跟前。

俺还是坐在树杈上往外看，能看见近处几家院里的鸡狗，院里晾晒的衣裳，还能看见远处那么多家的房顶，感觉很好玩，就是不敢站起来撸榆钱。

爱莲不多会儿撸满一腰，俺俩都下树了，爱莲又给俺装榆钱。

俺高高兴兴一蹦一跳兜着榆钱回家，娘看见了很生气，一把把俺抓过去，手抬得老高，没打俺，把榆钱撒可地[1]。她说："俺不吃你撸的榆钱，想吃，俺买！"

俺说："不是俺撸的，爱莲给俺的。"

娘说："你就嘴硬，俺看见你在树上了，没敢到跟前，怕你看见俺害怕，真从树上掉下来。"

娘说："就许你这一回。再听说你上树，回家俺打死你！不

1　可地：满地。

要你了!"

俺是个不爱哭的小孩,娘这样吓唬,也没管住俺。

以后,俺走远了去爬树,不叫大人看见。那时候没啥玩的,就觉得爬树好玩。

俺和爱莲都没裹脚,百时屯有几个裹脚的闺女,也偷着到外面爬树。菊各不敢爬树,爬到一半就不敢动了,八岁裹了脚更不爬树了。

山东冬天不冷,俺们冬天也爬树,经常爬柳树。

爱莲到了树上,用棍子往下打死掉的树枝,俺那儿管这叫"打干棒"。下树以后,她捆好干棒背回家烧火。

俺还是不敢动,也没学会像爱莲那样下树,还是抱着树身子往下滑。

长大以后,俺嫂还说:"你一冬穿坏四条棉裤,裤裆都像狗嚼了似的。"

六岁那年,俺家搬到巨野城里。城里也有树,跟俺玩的小闺女没谁爬树,俺也不爬了。

捅马蜂窝

　　爱莲家院里种了好多花，有的花长到一人高，开的大花可好看了，有红的、紫红的、粉红的，还有白的，引来很多蜜蜂。

　　俺和菊各找她玩，她说："咱吃蜜囊玩呗。"

　　菊各问："啥叫吃蜜囊呀？"

　　爱莲去了花那里，抓到一只蜜蜂，把头揪了，有个米粒大小的东西，她说："这就是蜜囊。"说完放到嘴里，还说，"可甜了！"

　　菊各跟她学，也去抓蜜蜂。

　　俺看见她俩吃，恶心，想吐。

　　她俩馋俺说："甜！可甜了！"

　　俺也抓个蜜蜂，把头揪了，吃了一个蜜囊。去抓第二个蜜蜂的时候，叫蜜蜂蜇了右手的二拇指，离开花，去了大门洞，坐在爱莲家小床上。俺不爱哭，疼得咧着嘴次哈次哈的。

爱莲看俺那个样子，说："你真没价钱[1]，俺叫蜜蜂蜇老些回了，现在蜇俺不疼了。"

俺心脏[2]，从那以后再没抓过蜜蜂。

百时屯西洼边上有块高地，是盐碱地，不长庄稼。爱莲的爷爷和她爹在盐碱地里先挖个井，又盖了个小房子，还在里面搭了锅台。房子四外都是盐土，扫盐省力，出盐多，离家三里多地。

百时屯有做小盐的，都是扫各家墙根的盐土。那时候各家都有狗，墙根少不了狗尿。自从爱莲家做盐，四外都买她家的盐。

爱莲说，她家晒小盐的地方有盐蓬菜，俺和菊各都跟她去了一次。那地方高，往四外一看，地上又白又亮，草很少，俺仨都整了半篮子盐蓬菜回家了。

大嫂用盐蓬菜做馅包包子，都说好吃。

有一天，俺跟菊各去找爱莲，爱莲正拿个大铲杆往外走。

俺问爱莲："你去干啥？"

爱莲说："俺看六叔家槐树上有个大蚂蜂窝，俺去整下来，马蜂仔喂鸡，下双黄蛋。"

俺说："马蜂蜇人，疼死了。"

1　没价钱：不刚强。

2　心脏：有洁癖，经常怀疑吃的东西不干净。

爱莲说："没事，不叫它蜇着，俺捅下来五个了。"

俺和菊各跟她去了，俺俩离马蜂窝老远。

爱莲好像一点儿不害怕，她几下子就把马蜂窝捅下来了。

没捅的时候，马蜂围着窝转。马蜂窝掉在地上，好几个马蜂追爱莲。

爱莲不急不慌，左手拿着马蜂窝，胳膊下夹着铲杆，右手拿一把柳树条子来回打马蜂。

爱莲走远了，马蜂也不追了。

等马蜂不追了，俺追过去问爱莲："你捅这么多马蜂窝，马蜂蜇过你吗?"

爱莲说："没有。"

爬不上去的海子墙

以前不太平，大庄都有围墙，俺老家叫"海子墙"。

海子墙外有海子壕，挖壕的土正好砌墙。

不知道海子墙啥时候建的，俺爹一九〇二年生，他小时候百时屯就有海子墙了。

海子墙底座三米多宽，两米半高，上面是半米宽、一米半高的墙，墙里有三个炮楼。墙下有两米多宽的道，道那边就是海子壕。

一九四二年大旱，海子壕里的水都干了。

那年俺五岁，跟着六岁的爱莲去海子壕玩，看见一堆一堆大脑袋浅灰顶的蘑菇。那时候都穿带大襟的衣裳，俺俩采了蘑菇，用衣襟兜起来。

路上，俺跟爱莲说："回家以后，咱不跟人说实话，他们知道了都得来采。"

第二天，俺和爱莲都挎个小篮子，篮子是用高粱莛子编的，很轻。不多会儿，俺俩采了一篮子蘑菇。

回家的路上，光怕人家问。

进海子门后，看左右没人，爱莲说："咱把褂子脱下来，盖上吧。"

俺俩脱了褂子把篮子盖好，光着小膀子回家。

娘问："在哪儿采这么多蘑菇呀?"

俺说："大树根。"

娘说，俺采的蘑菇叫鸡腿蘑，短粗腿，很好吃。

吃不了的蘑菇，娘切成片，在箔帘子上晒，一天就干了。

俺跟爱莲一天一趟，一趟采七八斤，一路歇好几回，越采越远。

到了第六天，小篮子采满，累得回不去家了。

爱莲说："从海子墙上回家吧，翻过海子墙离家近。"

俺说："中。"

海子墙一丈二（四米），有个地方出了个豁口，那里不到一丈高。

爱莲说："俺先上，俺上去能把你拉上去。"

她一只脚蹬着海子墙上的坑，一只脚蹬着俺肩膀。俺先蹲下，再站起来，她蹬得俺肩膀可疼了。

爱莲上去了，两篮子蘑菇也整上去了，俺在下面一蹬一滑，咋也上不去。爱莲往下伸小手，俺再使劲也够不着。上了十多次，身上一点儿劲没有了。

爱莲在海子墙上说："你真笨!"

俺坐在地上哇哇哭。

爱莲一着急又下来了，她给俺擦擦眼泪说："别哭，咱歇歇，你先上。"

从南边来了个男人，走到跟前看，是邻居二胖。

爱莲说："二哥你别走，你帮俺上去。"

二胖把一大捆干树枝子放下，把俺俩托上去了。

他说："俺也不转北门了，少走二里地，你俩别走，帮俺上去。"

他一只手托着干树枝子，一只手把两个绳子头扔上来，叫俺俩一人一个往上拉，把干树枝子拉上来了。

海子墙太高太陡，二胖上了两三次上不来。他想了想，叫俺俩蹭着海子墙抓住绳子往上拉他。

他说："俺喊一二三，你俩使劲拉绳子。"

俺俩连吃奶的劲都使出来，二胖才上来了。

俺和爱莲太小，再也不走这么远采蘑菇了。

天下太平后，海子墙没用了。一九六〇年以后，海子墙扒了，海子壕填平了，房子也盖到那里。

前两年俺还做这个梦，上海子墙，咋也上不去，累醒了。

井

海子门

海子墙

在外面睡

以前两口子睡觉，都是床这头一个，那头一个，在一头睡怕人家看见笑话。

一家人都睡下了，男人偷着爬到女人那头。天快亮了，男人再爬回自己那头睡。

听说有家大嫂起来了，趴兄弟媳妇窗户上看，看见小两口在一头睡得正香。大嫂喊："他婶子，起来吧，该做饭了！"

俺那里从前的窗很小，有的不糊窗户，有的糊窗户，糊的窗户一捅就是个窟窿，隔不了人的眼。

嫂子看见兄弟媳妇两口子在一头睡觉，好像看见了美景似的，俩人做饭的时候，她说了一遍又一遍。

兄弟媳妇眼里含着泪，红着脸说："你跟俺哥不在一头睡，你那小二小三咋来的？"

嫂子一看不对劲，赶紧说："他婶子，你哭了？俺说笑话，俺再也不说了。"

俺小时候，男女老少睡觉，身上没个布丝，三岁以下的孩子，睡觉戴个兜肚子，老老少少的女人都把脚裹紧了再睡。她们说，不把脚裹紧了，睡不着。

天热了，家家男人都到外边凉快地方去睡，左手拿席，右手拿枕头床单，胳肢窝夹上箔就走了。

女人在院里睡，底下铺箔，上边铺席，不铺褥子。人多铺宽席，一个人铺单人席，放上枕头，拿个床单就睡了。

有的时候睡得正香哩，娘喊："快起快起！下雨了！"就得去屋里睡。

为啥不在屋里睡？屋里闷热，底下有虼蚤[1]咬，上边有蚊子咬，外边凉快，蚊子少。

俺六岁那年，半夜里娘又喊："快起来！下雨了！"

俺摸鞋穿上，眼睛半睁半合往屋走，左手摸到门框，碰到一个东西——蝎子！激灵一下就醒了，小手指头像被粗针扎了一下，可疼了，半个身子都疼，疼得俺天快明了才睡着。

娘光心疼俺了，下半夜没睡。

第二天白天，俺在屋门口找着那只蝎子，它趴在地上不动，身子都伸开了，大概两寸长。

娘说，这东西阴天下雨才往外爬，蜇了人就动不了了。

---

1 虼蚤：跳蚤。

下雨了，有些男人不回家，去庙上睡，找车屋睡，有的去俺家草屋睡。

有天下雨，清朗大爷和庆和叔睡到俺家草屋里。外面一个雷连着一个闪的，雷声可响了。

不知啥东西往清朗大爷身子两旁钻，毛茸茸的。

大爷有胆量，他不睡了，光着腚光着脚站到外边喊："有种的，你出来！"

雨越来越大，雷越来越响，大爷叫雨浇冷了，刚进屋睡下，就听见吱哇一声，再没动静了。

天亮了，雨过天晴，大爷回家的路上，看见一只黄鼠狼，死的。

天亮以后，庆和叔去了俺家，跟俺们说："半夜可吓死俺了！草屋有蚊子，俺盖个床单光露个头。外面一打雷，钻被窝里几个有毛的东西，吓得俺一动不敢动，不会翻身了。俺想喊清朗哥，嘴不好使，不会说话了。清朗哥到外边去了，俺更害怕了，感觉被窝里又多了几个有毛的东西，有一个在俺左边的胳膊下哆嗦。"

听说清朗大爷看见死黄鼠狼，娘说，草屋里那些也是黄鼠狼，躲雷呢。

俺大哥奶名叫芳，十五岁结婚，结婚以后还上学哩。

上高中这年，放暑假回家，天太热，也到外边俺家小场那去睡。娃是俺叔伯侄子，他俩同岁，在一块睡了好几天。

有天半夜，老缺来了。

大哥那天没在外边睡，老缺把娃绑走了。

娃心眼多，半夜让人绑走，猜出咋回事了，他喊："俺是娃，不是芳！芳高，不信俺站好，你们看看！"

人家让他站起来，一看个子矮，又把绑绳打开了。

第二天早上，娃来跟娘说夜里的经过，娘想了想说："这是吸大烟的二烟鬼当的底码。"

从那以后，大哥再也不敢到场里睡。

大嫂从来不在院里睡，她说她屋里有后窗户，比院里凉快。

老缺不敢到俺家来，都知道俺家枪多，都知道俺家男女老少都会打枪。这话俺娘常在外边说。

说实在的，俺家女人谁也没打过枪，爹和大哥、二哥会用枪。

吃饭难

俺小时候，老家有个传说，说太阳和月亮是兄妹俩，太阳是妹妹，月亮是哥哥。

哥哥问："你想白天走，还是黑天走？"

妹妹说："俺白天走，黑天俺害怕。"

哥哥说："你一个闺女家，白天走人家看你。"

妹妹说："谁看俺，俺用绣花针刺他的眼。"

兄妹俩商量完，月亮黑天走，太阳白天走。

那时候百时屯天很蓝，太阳亮得刺眼，没谁敢抬头看。

现在，百时屯的天不蓝了，太阳也不刺眼了，俺想：可能这个妹妹变成老太太，不怕人看了。

天蓝的时候，家家户户吃饭难，太阳还能帮忙哩。

俺四五岁的时候，县城都买不到洋火。做饭点火，有的人家用火链子打火石，打出火星落到火纸上，才能有火做饭。

四哥家有老辈子留下的放大镜，只要有太阳，放大镜下面放一卷火纸，不一会儿火纸就冒烟了。用嘴把火纸吹出火苗来，把大锅点着，再把火纸插到竹桶里，一会儿就灭了。

老花镜也能在太阳底下聚光取火，百时屯有几个老花镜，不如放大镜取火快。

那时候，家家都用破布条缝个布卷，像根粗绳子，看见谁家冒烟了，拿这个布卷去人家点火。

俺家做早饭，都是俺出去点火，娘和嫂子都是小脚，走路难。

娘吸烟，离了火不中。做完饭，她扒出一盆火，用半块砖压上，中午和晚上做饭，俺不用再拿布卷去人家点火了。

那时候做饭用的盐是大盐和小盐，大盐就是现在的大粒盐，小盐是盐面，味道苦，又叫"苦小盐"。买一斤大盐的钱，能买三斤苦小盐，大多数人家都用苦小盐。

百时屯大臭家做苦小盐。

他在跟前扫盐土，一袋子一袋子背回家。

他家院里支个木架子，上面放个一米高的瓦缸，他把盐土倒进大瓦缸，装一层往下压一压，把盐土压结实后再倒水。

缸底边上有个钻眼，盐水从这滴答滴答往下滴，下面有个小瓦缸，坐到坑里露个缸口，专门接盐水。

接来的盐水，有的人家倒进盐池子晒小盐，大臭家没有盐池子，他用做饭的大锅熬盐。

日本人倒台子以后，巨野县城没人做小盐了，都吃大盐。

有一天，俺几个小闺女听见哭声，都奔哭声跑，看见一个女人抱着吃奶的孩子哭，地上躺的小男孩死了，他头上有泥，脸色发青。

别人说，这家人不做小盐了，地上的缸没起走，这孩子扎到缸里，出不来，淹死了。

那时候，家家有鸡鸭，下的蛋舍不得吃，换盐，换火纸、火石。小孩没奶吃，一个鸡蛋换一个包子，大人嚼嚼喂孩子。青菜下来，卖菜的挑到家门口，还能用鸡蛋换点儿青菜。

秋天自己种的菜下来了，才能有段时间不吃咸菜。

柴火少，没谁炒菜，都是放到干粮锅里蒸菜。

秋天腌的胡萝卜、辣菜、芥菜疙瘩，要吃一冬一春。快吃完了，香椿下来腌香椿，蒜薹下来腌蒜薹。

咸菜都是一个吃法，早上吃生咸菜，中午吃蒸熟的咸菜，晚上吃点儿剩咸菜。

有的时候，锅里蒸碗面糊子，比咸菜好吃。切好葱姜，放点儿油盐，抓把面，等锅底水开了，用开水搅搅放到锅里蒸。有白面，用的是白面。没白面，用高粱面。

不管啥菜，都是挖到自己窝窝里吃，分到自己的没多少。过去，都说山东人吃菜轻，就是这样吃出来的。

俺说的这是好年景，年景不好，没有收成，很多人要去外面要饭吃。

那时候，夏天和秋天害眼的、烂嘴的、长年烂眼边子的人很多。

小孩嘴烂得重了，得的病叫"糊口白"，从嘴往食道里一点点白，咽不下去东西，三四天就死了。俺二哥家的孩子四岁，就是得糊口白死的。

还有的人嗓子眼里长白喉，嗓子里长满，人就憋死了。

当时有一种病叫"雀无眼"，后来听说叫"夜盲症"，天一黑啥也看不见。现在，这些病都没有了。以前的人，鱼肉、水果、青菜吃得太少了，缺很多营养。

到了一九六二年，上头让全种地瓜，说地瓜高产。

收地瓜的时候，家家分地瓜，一天三顿吃地瓜。地瓜不敢放时间长了，怕坏，都切了晒干，磨成面，吃地瓜窝窝，喝地瓜糊涂，这样吃比饿着好很多，人们很知足。

那时候家家都养鸡，有这么一句话："地瓜干子当主粮，鸡腚眼子是银行。"

一九六三年，俺跟三哥从黑龙江回到家，看见俺爹又瘦又黄，睁眼都难。

俺问："爹你哪块疼？"

爹说："哪里都不疼，还不少吃，就是没劲。"

第二天，三哥借个地排车，用大哥的自行车拉到县医院。

大夫看完说，爹肚子里有吸血虫[1]，还说巨野县得这病的可多了，都是吃地瓜干子吃的，这种病吃药免费。

三哥拿回来几包药，爹吃了以后，一天比一天有劲。

---

1 吸血虫：血吸虫，当地人称之为"喝血虫"或"吸血虫"。

洗衣裳

从俺家出去，右边十几米有眼井，左边四十米有个大坑。

俺十来岁自己洗衣裳，天暖和的时候去坑边。

坑边有石头，把衣裳放水里泡泡，捞出来放石头上用棒槌捶。

那时候都没钱买肥皂，捶捶，揉揉，啥时候再揉也是清水了，就干净了。

在坑边洗衣裳快，坑大，水清，不用换水。

把该洗的衣裳都洗完了，用盆端到井上，用井水投一遍。要是不用井水投，衣裳总潮乎乎的，穿到身上不舒服。

天热以后，很多大人孩子下坑洗澡。十五岁以下的男孩子都光腚，那些小小子玩水玩得可好了，有的躺着往前游，有的从树上往下跳。男人下坑，都穿条裤子。

那时候家家有布，谁都不知道做个裤衩。

夏天洗的衣裳多。头天出了汗，粗布衣裳湿了，第二天再穿潮乎乎的，讲究的人家天天洗。

那时候家家养鸭子，坑里鸭子很多。

俺家的鸭子早上喂一次，中午不回家，黑天回来也不吃啥，大坑里有活食。

有的鸭子在坑里待着不出来，几天不回家，它在坑里玩累了，出来以后趴在地上，脖子一弯就睡着了。

鸭子白天下蛋的时候很少，一夜一个。人们常在坑边捡着鸭蛋，小孩子在水里也能摸到鸭蛋。

这个大坑南北一百多米，东西六十多米，不知多少辈子了，没淹死过人。有人想跳坑死，都救活了。水少的年份，还有人挖坑里的泥，当肥用。

冬天，俺那里从井口往外冒热气，打出来的井水热乎，女人都用新打出来的井水洗衣裳。

衣裳多了，把水打回来在家洗。

衣裳少了在井边洗，也是先用棒槌在石头上捶捶，再放到洗衣服的瓦盆里揉揉搓搓，咋揉搓都是清水了，就晾到绳上。

以前，百时屯的人冬天光穿棉袄棉裤，走亲戚才套褂子和裤子。

棉袄里面套件布褂，怕生虱子，经常脱下来烫烫洗洗。棉裤里面啥都不穿，生虱子了才套条单裤，为的是把虱子引上来，再脱下来用热水烫。

大嫂洗衣裳跟俺们都不一样。

她把锅底灰掏出来，用蒲包装上，底下放个大盆，盆上凳俩棍。蒲包放到棍上后，她从上面淋水，淋下来的水不清，有点儿黄，还有点儿灰，叫"淋灰水"。

用淋灰水洗衣裳，可以褪油。

夏天，男人都穿白粗布褂子，谁都没俺大哥的褂子白，还板正。衣裳半干的时候，大嫂叠好，放到捶布石上捶捶再晒，这样就板正了。

一九四七年，俺家人在潍坊待了一段时间。

离房东家半里地有条河沟，该洗衣裳的时候，大嫂用床单把衣裳包好，俺背到沟边去。

那里的水流不到一米宽，不到半米深，特别清，河里的石头子看得清清楚楚。都农历十一月了，河沟上还冒着热气，水热乎乎的。

俺在沟边用棒槌捶，俺嫂在石头上搓，一堆衣裳很快洗出来。

房东说，这条河沟长年流水，那是山泉水。

俺家东边是大坑，雨下大
过人，坑很大，蛤蟆多，
蛤蟆叫的时候，气囊

满了,有一丈多深,老辈子说这坑没淹死

孩喊:风来了,雨来了,蛤蟆背着鼓来了。

支的.

哭坑

老家洼地多，就怕连阴雨。连着下几天，洼地的庄稼都白种了。

连下两天雨，老百姓就去庙里烧香磕头，求神仙保佑，别下了。

手巧的媳妇找块硬纸，用剪子铰个女人，五六寸长，七八寸长的都有，女人手里拿着笤帚，这女人就是"扫晴娘"。

俺那里有种草，叫"三棱草"，很软，小孩子常绑小人玩。连雨天的时候，有些人家用三棱草绑个草人，草人手里拿个扫帚，这也是扫晴娘。

不管是铰的，还是绑的，这些扫晴娘都用线绳吊在各家屋檐下。

有时候赶巧了，天真晴了。

有时候没用，还是下雨，庄稼已经出穗，都淹死了。

有时候天总不下雨，庄稼眼看要干死了。

百时屯庙里有关老爷泥像，在木头架子里边坐着，足有一百七八十斤，比真人高大。

要请关老爷求雨，庞家、时家、姜家的家族长都来了，在庙里烧香、磕头，说："你老人家到外边看看，天都旱啥样了？求你老人家保佑咱百时屯，叫龙王下雨吧。"

烧完香，磕完头，再把关老爷抬出来晒。

有时候晒两天，真下雨了。

有时候晒多少天，都没用。

俺五岁那年，天旱得太狠了，庄里的男人把关老爷泥像抬到时家场里，那里也是百时屯的中心。这些人又敲锣又打鼓，换班抬着关老爷来回跑。

姜继信那年四十七八，抬着关老爷正跑着，突然说："俺不行了，换人吧！"

换了人，继信往地上一蹲，死过去了。

庄里有人说："继信让关老爷接走了。"

这么折腾，也没下雨。

过了好些天，百时屯才下雨了。

来黑龙江以后，俺和河南延津来的宋嫂住过一个屋。她老家求雨，不求关老爷，求的是有点儿年纪的寡妇。

天旱得不行了，有几个老头去地多的人家齐粮食，齐来的粮食都给李奶奶。

李奶奶六十多岁了，年轻时死了丈夫，也没给她留下一儿半女。

庄里有个坑，有时水多，有时水少。干旱年头，水都没了，坑底的土都裂开了。

李奶奶得到那个坑里去哭，那里管这叫"哭坑"。

这天，李奶奶收拾干净，拉个草苫子放到坑里，她向天上拜了三拜说："老天爷，俺来求雨。"

她坐下以后开始哭，边哭边说："不哭儿，不哭女，就哭老天下大雨。不哭儿，不哭女，就哭老天下大雨。"

大坑上围了一圈人，也有去坑里看的，回来说："李奶奶是真哭呀，哭得可怜。"

有人说："李奶奶是哭自己命苦哩。"

张罗事的叫两个人进坑，把李奶奶扶起来，不叫她哭了。

第二天，庄里真的下雨了。

李奶奶七十岁那年，天又旱了，张罗事的还是齐来粮食，叫李奶奶哭坑。

李奶奶还是那样哭，一点儿雨都没下。

从前看病

以前的大夫不叫大夫，叫先生。那时候的人常说：再好的先生也看死几个人，再不好的先生也看好不少病。

前庄有个王先生，经常有人请他看病，因为他好请，没架子，也好伺候。

这天，俺庄小六子得了重感冒，发高烧，他那年二十二岁，媳妇、孩子都有了。连着请了两个先生没看好，把王先生请去了。

王先生把完脉摸摸头说："吃点儿药，出点儿汗就好了。"

那时候，俺那里不说感冒，说冻着了。

王先生从箱子里拿出一包药丸说："他冻着了，吃完这药，出来汗就好了。"

小六子吃完药，很长时间不出汗。

王先生跟家里人说："你们该干啥干啥，俺不用陪着，他一会儿就能出汗。"

小六子上面有三个姐姐，爹娘千盼万盼来了男孩，怕他有个三长两短，排在邻居五个儿子后面，叫了个小六子，全家人都看着娇贵。

听王先生说他一会儿能出汗，爹出去买酒，娘和媳妇给先生做饭去了。

王先生看病人总不出汗，他给病人盖上两床被，趴到病人身上。

小六子憋得说不出话来，在下面叽里咕噜动。

王先生说："你老实点儿，一会儿就好了。"

小六子不动了。

王先生问："你出汗了？"

小六子不说话。

王先生掀开被子看，小六子没气了。

王先生看屋里没人，跑回家。

媳妇看他脸色不好看，手也哆嗦，问："你有啥事？"

王先生半天说不出话来，过了一会儿才说："你把俺的衣裳包好，俺要出远门。"

媳妇知道出大事了，也不多问，把衣裳和被子包好。

王先生背包走，媳妇送到大门外，他才说："俺想让病人发汗，把前庄小六子憋死了，俺去关外表姐家。谁问你俺上哪去了，你就说不知道。"

小六子家饭菜做好，爹去找先生吃饭，先生不见了。掀开被子看，小六子脸青了，仔细看，死了。打发人快去找先生，先生跑了。

那时候有这个说法："事大事小，一跑就了。"

人跑了，就没事了，小六子家一点儿办法都没有。

从前俺那里再有钱的人家，有病了也得吃药丸子、药面子，再就是汤药。经常不知道啥病，人就死了。肚子里长东西，就说得大肚子脾病死的。死得快的人，就说得快病死的。有人病了很长时间，治不好，就说得长远病死的。

一九四四年的时候，巨野城里就一个小医院，天主教堂办的。北关里有个小洋楼，砖墙围的院，就是天主堂，大门朝西。一进大门，右边就是小医院。

来小医院看病的人很多，看病的先生是修女，打针的、抓药的都是修女，穿的都是一样的黑色袍子，戴一样的黑帽子，很好看。

院里很干净，里面还有一溜平砖房，一样的门，那是修女住的，一人一间。

那里还住着几个大闺女，外人管她们叫"姑娘"。姑娘专门做饭，她们穿的衣裳跟老百姓一样。

教堂里就一个外国人，是个五十多岁的老头，个子不高，眼珠有点儿黄，他住在一个大房子里。这个外国人穿一件黑衣裳，脖子上挂一个链子，坠子上是个十字架。

教堂门前是洋灰地，就是现在的水泥地，俺几个小闺女常在门外打线蛋、拍皮球。

下午的时候，那个外国人经常坐在门前，看着俺们玩，很愿意跟俺们说话，他也说巨野话。

俺问他："俺叫你啥？"

他说："叫我神父就行了。"

听人说，医院和天主堂，都是他说了算。

从前，山东光济南有大医院。

百时屯的庞法正在济南上学，有病了去医院。

大夫说他得了盲肠炎，得开刀，外国人给做的手术。

法正病好以后回到百时屯，他手术的事，成了巨野城西南的新鲜事。

大家都说：把肚子割开，把病割掉再缝上，人还能活，奇了。要是在百时屯，就得等死了。

野先生

七八岁的时候，俺百时屯常来牵骆驼的，人们叫他们"野先生"。

牵骆驼的都很会说话。

有的说：俺这膏药是祖传的，贴上这膏药，腰腿就不疼了，能根治。

有的人腰腿疼得很难受，不能干活儿，就买五贴。贴上真的不疼了，也能干活儿了。

牵骆驼的叫一贴贴三天，老百姓没钱，买五贴不容易。

膏药贴完了，还是像以前那样疼，一点儿病也没去。

卖膏药的再也不来了。

过了几天，又来个牵骆驼的，他在屯子里边走边喊：治牙疼！专治牙疼！

那时候，百时屯人啥都没见过，看见骆驼都觉得新鲜，不多会儿来了很多人，有大人，也有小孩。

这个牵骆驼的找个树荫，自己带个小凳子，坐下了。

从前这个大门叫过车门

他先给牙疼重的人治，往牙上抹点儿药，立刻不疼了。

就一会儿工夫，他卖了很多药丸子、药面子。

还有人要拔牙。

他把药抹到要拔的牙上，说：你绷一会儿嘴。

过了一会儿，他说：好了，你张开嘴吧。

他把牙拔下来。

拔牙的人说：不疼。

他在百时屯拔了四个人的牙。

吃饭的时候才知道，掉一个牙，全口的牙都松动了。

再找牵骆驼的，找不着了。

挣完钱就远走，他再也不来了。

这是俺小时候的事。

从这两个人开始，再来牵骆驼的，大家光看热闹，没谁看病了。

卖眼药的

一九四四年，俺七岁，住在巨野县城西关里冯家家庙。

有一天，听见门外有人吆喝："辣椒面子眼药，石灰面子眼药，上一个，瞎一个，爱买不买——"

俺问娘："这是卖啥哩?"

娘说："谁吆喝着玩哩。"

过了几天，俺看见那个卖眼药的人。

他五十多岁，中等个，拄着木棍，背着木箱，是个腰宽背圆的瞎子。

他这样叫卖，还真有买的，听说他的药好使。

从前害眼病的人多，他的眼药就两样：一种专治烂眼边子，一种啥眼病都治。药都用纸包好，一小包一小包的。

从前，上眼药面都用针鼻儿。先放水里蘸，再去蘸药面，把眼睛扒开，把针鼻儿上的药面放进眼里就行了。没水的时候，把干净的针鼻儿先放嘴里湿，也能蘸上药面。

听说卖眼药的不实瞎，能看见一点儿道。

他是咋瞎的，药从哪儿来的，俺都不知道。

俺就知道他住在西关外农村，巨野县城卖眼药面的就他一份，那时候还花日本票子呢。

菠菜根

俺婆家在龙垌集南边的徐庄。徐庄有个徐二，爹娘死了，他长得丑，没娶上媳妇。

徐二长年给人家扛活，不在家，扛活挣的钱买了四亩洼地。洼地一年能收一茬小麦，秋天下雨就淹，十年九不收。

徐二突然病了，开始轻，强着干，实在干不动了，跟东家说："你快找人吧，俺有病了。"

东家找到人，徐二回家看病，听说哪里先生好，就去哪里看病。钱花完了，病也没好，就等着死了。

邻居都知道，徐二得的是痨病，咳嗽，肚子还鼓起来了。

有个邻居在外面干活儿回来，看见他说："二哥，你肚子这么大，能不能给俺生个小侄子呀？"

徐二说："俺快难受死了，你还跟俺开玩笑哩。俺半宿半夜咳嗽，难受得睡不着。"

那人问："你咋不看先生？"

徐二说："吃了很多药，没用。"

233

不管夜里多难受，白天都得吃饭。屋里粮食一天天见少，吃不到新麦子下来，徐二发愁了。

听说冯庄郭家乐有个菜园子，菠菜下来以后，徐二过去问人家："大哥，你家菠菜根还要不？"

"你想干啥？"

"俺想挖你家的菠菜根，回家煮煮吃。"

郭家乐说："你挖中，别叫外人来。"

徐二是远近有名的老实人，光挖菜园子的菠菜根，别的菜啥都不动。他肚子大，蹲不下去，撅着屁股挖。

他一天挖一次，一天吃两顿。

把菠菜根洗干净，先放锅里煮，煮烂了再搅点儿高粱面倒锅里，连吃带喝，能吃饱了。

吃了五六天，徐二半夜咳嗽轻了。

吃了十多天，徐二放屁多了，肚子小了。

吃了一春菠菜根，徐二的病全好了。

拿啥当茶

老家的井水有点儿苦，不放茶叶不好喝。可老家没有茶，县城卖的茶叶都是外地的，多数人家买不起。

俺那里都把簸箕柳叶采回去当茶叶，说是喝它去火。桑叶也能当茶叶，说喝它嗓子不干。

簸箕柳叶和桑叶都得晒干，晒好了用大锅炒，炒茶的时候，还要往锅里放点儿冰糖水。炒好，晾好，放到瓦罐里，够喝一年了。

过去，老家人早饭喝粥，晚饭喝汤，午饭喝茶。

蒸锅干粮，得烧二十多分钟柴火。锅底水有点儿黄，起完干粮，往水里放点儿茶叶，就是吃饭喝的茶水了。

要是锅里蒸窝窝，锅边再放一圈地瓜，锅底水更难喝。难喝也都喝，家家这样过。

二姨家在高庄，离俺家三里地，二十多户人家。那里的井水又咸又涩，比百时屯的水还难喝，高庄人不知喝了多少辈子。

那时候人傻，下雨接点儿雨水，是不是也比井水好喝？没人接。

家里来了客人，才专门烧水喝茶。

冬天屋里冷，有的人家把瓦壶放到壶囤子里。壶囤子是用草编的，比瓦壶稍大，上面有盖，光露出壶嘴，里面还放个小被子，把壶裹得严严实实。

俺爹以前爱喝大方茶，安徽那边产的，他买过一大盒茶叶，二三斤，用铁盒装的。以后买的茶叶，都装在这个铁盒子里。

土改以后，俺家喝桑叶。

俺舅在冯庄，离俺家四里地，他家有棵大桑树。年年快落叶的时候，俺舅都采好桑叶送来。

俺喝惯了家里的桑叶，刚来黑龙江喝白开水，恶心，总想吐。两年以后才能喝白开水了。

黑龙江人以前不喝茶，讲究点儿的喝白开水，不讲究的一年四季喝凉水，也不见人家得啥毛病。

给娘吃

俺老家李堂有个傻子，爹没了，姐姐比他大六岁，结婚了，傻子跟有病的小脚娘过日子。

他要是出去玩，那些小孩欺负他。

他不出去玩，总在娘的左右。

十五六岁的时候，他去会上玩，看见有人抢东西吃，他学会了。

他也抢东西，自己舍不得吃，回家给娘。

他越抢越大胆，抢得多了才自己吃。十里二十里的会，他都去。

有时候，他抢人家东西，人家抓住了踢两脚打两下，想把包子抢回来。他往包子上吐唾沫，人家就不要了。老家管这种人叫"欻子"[1]

---

1 欻子：抢东西吃的人。

李堂的歀子常叫人家抓住，人家打他，他就说："给娘吃，给娘吃。"

有一次，人家把他的腿踢黑了，娘看见心疼得哭了，说："儿啊，别去会上了，别抢人家吃的了。"

这傻子笑了："嘿嘿，嘿嘿，不疼，不疼。"

他还是有会就去。

后来，娘死了。

傻子不知道哭，看见姐姐哭，他才哭了。人家帮忙把他娘往棺材里装，傻子哭得更厉害了。

埋了娘以后，傻子天天想娘，经常在院里放声大哭。

他还去赶会，抢回来的东西舍不得吃，用烧纸包好，埋到娘的坟里。

时间长了，有人看见。等他走了，人家把他抢来的包子、肉盒子、烧饼都拿走。

那时候老人出殡，多数人家都买个罩子扣着放到棺材上。罩子是用纸和秫秸扎成的房子，很好看。

娘死的时候，没有罩子，傻子去仓集赶会，看见扎罩子的，惦记上了。

他半夜去了仓集，罩子太大，一个人拿不走。

旁边还有扎好的倒头轿，是用纸和秫秸扎成的轿子，人快断气的时候烧的，比罩子小。他把倒头轿偷走了。

有四个倒腾粮食的，都用小红车子推两布袋粮食，天明是仓集会，他们打算去会上卖。

238

半夜三更，离老远听见对面哗哗响，看不清啥东西这么高大，吓得四个人把车子放道上，一个人拿一个开棍去高粱地了。

开棍就是支车子的棍，上边有个杈，想停下车子歇歇的时候，用开棍把车子支起来，还能防身。

傻子在倒头轿里，两手抓住秫秸的支架，刚能看见道。走到车子跟前，傻子说："这三更半夜的，咋还有车子？"

高粱地里那四个人听见人说话，才不害怕了，各人推着各人的车子走了。

傻子去娘的坟子，把倒头轿烧了。

过些天，傻子的姐姐把房子和东西全卖了，把弟弟接走。

姐姐、姐夫都对弟弟好，傻子还是想娘，他病了，得的是攻心翻[1]。

请来几个先生，又扎针又吃药，都不管用，两天就死了。

这傻子是俺二奶奶的亲侄子，这是俺跟二奶奶纺棉花的时候她讲的。

---

1 攻心翻：也叫克山病、地方性心肌病，1935年在黑龙江省克山县发现，主要病变是心肌实质变性。

买个小猪当狗养

俺六岁那年，二哥买回一头小猪，才十五六斤。

俺娘不太满意，嫌小猪没尾巴，还说这是一头还愿的猪。

开始的时候，嫂子用磨底面，掺点儿高粱面豆面，做几个干粮放到锅边，蒸熟了喂猪，小猪吃不多。

俺心疼它刚离开娘，天天偷着喂它半个黑面窝窝。

小猪也知道谁对它好，俺出去玩，它都跟着，俺走到哪里，它跟到哪里。

那时候，俺那里养猪的少，没看见谁家有猪圈，养猪都像养狗一样。到了下雨天，猪躲在大门洞里。

小猪慢慢长大了，吃得多了。家家都种菜园子，怕它祸害人家园子，才把它拴上了。

它哼哼唧唧叫了两天，看俺帮不了它，不叫了。

等地里、菜园子里啥都收拾完了，俺家把猪放开。

俺不给它好吃的，它也不理俺了。

它还到处走，到了该吃食的时候，它回来了。

小猪长到一百多斤了，越走越野。

有一天，该喂猪的时候，猪没回来。

一家人都出去找，没找着，都知道猪丢了。

俺家离井近，埋去井上打水看见俺娘，跟俺娘说："二奶奶，你家的猪真精！俺从任店回来，看见你家猪在地瓜地里找吃的，它咋不去棉花地里找吃的呀？"

娘问："他哥，你真看见俺家猪了？"

埋说："看见了，出北海子门，在家北地瓜地哩。它没尾巴，好认。"

找了半天猪，俺一家人又累又饿。

吃完饭不多会儿，猪回来了。给它食也不吃，在地上趴了一会子，才起来吃食，很累的样子。

从俺家到北海子门，有半里地。从那以后，猪天天出海子门去地里；有时候溜地瓜，有时候溜萝卜，吃个半饱，玩够了，才回家。

地瓜秧子当跳

还愿羊

不知道俺娘遇到啥难事了，她在神仙那里许愿一头猪、一只羊。俺六岁那年，家里还买了一只公绵羊。

那些年许愿的多，人碰到难事，都去神仙那里烧香、摆供。事情大点儿的都许愿，许猪羊。再大的事，许愿戏。还有一个办法，就是找个算卦的瞎子破解下，瞎子让咋办咋办。

许了愿，买不起真猪、真羊，也不用怕，可以买纸扎的纸猪、纸羊。过了腊月十五，集上、会上都有卖纸猪、纸羊的。到了腊月二十三，小年那天，许愿的人到许愿的神仙那里，把纸猪、纸羊烧了。

俺家绵羊长得快，长得像头小毛驴。

三哥那年十一岁，有时候骑到羊身上去放羊。到了地头和小树林，有草的地方，他再用缰绳牵着放。

腊月二十夜里，那只羊丢了。

百时屯有三个海子门，黑天都上锁，百时屯的男人轮流打更。打更的主要看老缺，有情况好报告家族长。偷东西的，打更的不敢管。人人都知道：能得罪十个好人，不得罪一个坏人。

那天夜里，打更的是二孩儿。

听说俺家羊丢了，他过来跟娘说："二奶奶，偷你家羊的是两个人，一个高个，一个矮个。俺上半夜打更，在炮楼里看见他俩了，他俩看不见俺。俺看见海子墙上边有俩人，下边有俩人。上边俩人把羊送下去就回家了。下边俩人把羊推到海子壕里，海子壕的水上冻了，一个抓俩羊腿，一个推羊腚。过了海子壕，羊不走，后边的人用棍子打，往贾楼去了。"

二孩儿还说："小偷就是偷俺家东西，俺也不敢管。黑天半夜，他们把俺整死，就是白死。二奶奶，俺今天说的这些话，你千万别跟外人说。"

娘说："你放心吧。"

冬天屋里冷，俺家牛屋门口没风，常有人晒太阳，哪天都有很多人。

偷羊的两个人都姓姜，住得很近，是百时屯有名的大烟鬼，他俩装作没事，也来晒太阳。

那天，俺娘也搬个板凳，过去晒太阳。

有人问："二奶奶，你家的羊找着没？"

俺娘说："找着了俺也不要了，权当赌博输了。快过年了，就算俺给小偷压岁钱了。俺丑话说在前边，俺就许你这回，你们再做对不起俺的事，俺就把你们整到监狱里住个十年八年的，俺说到做到！你们还在这里装啥好人，还不快去贾楼？帮他们卖羊肉去！"

偷羊的两个人啥也没说，不多会儿就走了。

愿戏

俺小时候，哪个庄都有庙。

百时屯有两个庙，一个是前庙，一个是后庙。

前庙在俺家前面，两间砖瓦房，前出厦，关老爷的泥像在外把门，里面正位上是玉皇大帝，旁边还有周仓、关平很多泥神像，这些泥像都跟真人一样大。周仓瞪着眼睛，撇着嘴，手里拿大刀，挺吓人的。

前庙后边是后庙，有个单独院子，三间堂屋供的都是女神像，有白玉奶奶，还有三个送子奶奶，都是布画像。

俺那里都说，大送子奶奶送的孩子牛舔梭[1]，头发都往一边长；二送子奶奶送的孩子吸嘴窝，就是现在说的脸上有酒坑；画像里的三送子奶奶扛着褡子，褡子里露着三个小孩头，她送的孩

1　牛舔梭：或许应为牛舔囟，孩子的头囟好像让牛舔了似的，头发都往一边长。

子花漩涡，后脑勺下边有一堆红点，这样的孩子不好成人。

这两个庙都是百时屯人建的，建的时候，按地亩摊钱。

百时屯外东北方向还有个庙，叫郭寺，离百时屯一里地，离贾楼二里地，三间砖瓦房，四外都是地，郭寺比四外高一块。庙前有几块石碑，啥人建的，为啥叫郭寺，石碑上大概写了，可惜那时候俺不认字。

那时候有句俗话："不是他家不信神，就是他家没病人。"家里遇到事，没招的时候，啥神都信了。

有的家里老人病了，请了很多先生看不好，没办法了，儿女去庙上求神，摆供许愿。

求神的人把纸叠两下，拿起来像个碗似的。烧香的时候在香火上晃，一边晃一边祷告说："你老人家给俺神丹妙药，让俺娘的病好起来吧。要是俺娘的病好了，俺许你大戏一台。"

这叫讨药。

老人的病要是好了，许的愿就得还。

百时屯的愿戏，收拾完秋都在郭寺唱，一般连唱四天。

事先不光要搭戏台，还要搭神棚。

神棚用布搭，唱戏前，得把神请去听戏。要是前庙的神仙显灵，把玉皇大帝的泥像抬过去，其余神仙的牌位也要拿过去。要是后庙的女神仙显灵，请到神棚的是画像。

唱愿戏得亮台，一个人戴着面具出来，手里拿着神仙杪[1]走一圈，这个人叫"家官"。家官亮台，看戏的人就知道是愿戏了。

唱戏那几天可热闹了，戏台转圈都是小棚子，卖吃的。有卖吊炉烧饼的，有卖肉盒子的，新出炉的烧饼夹上刚炸出来的肉盒子，外焦里软太好吃了。还有卖香油果子、糖糕的，卖鸡肉疙瘩的，卖羊肉汤的，还有很多卖吃的哩。

上午的戏唱完了，外庄来听戏的到百时屯走亲戚，有的买香油果子，柳条剥去皮，把十多个果子串在一起。也有的买水煎包，用竹签子串二十个，这就是走亲戚的礼。

唱愿戏的时候，也有要饭的，要钱的。有的要钱的看见啥唱啥，现编现唱，不给钱不走，这种人俺那里叫"戴花帽的"。

俺五六岁那年，谷子高粱刚出穗，不知道哪里来了那么多蚂蚱。那时候没农药，家家都去地里抓蚂蚱，蚂蚱太多了，抓不过来。

老头老太太都去庙里烧香摆供，许愿说："你老人家要是能把百时屯的蚂蚱撵走，俺许你对台大戏。"

一点儿用没有，那年百时屯的庄稼颗粒没收。后来才知道，蚂蚱就是蝗虫，当年遭受了蝗灾。

听说，对台大戏是搭两个戏台，隔挺远，两台大戏一起唱。光听说，没见过。

1　神仙杪：唱愿戏用的道具，类似抽打苍蝇的苍蝇抽。

舍茶

从前，巨野县有一对夫妻，两人感情很好，就是不生孩子。

那时候要饭的多，有抱着孩子要饭的，也有老人要饭的。有钱的人家舍饭，舍粥，到了饭时要饭的都来吃。他们家没钱，赶上吃饭，也叫人家吃饱再走。

五十岁以后，两口子开始舍茶。他们先烧锅开水，放上自己采的茶，用瓦罐子抬到十字路口，再拿几只碗放在一个小桌子上，旁边放四个小板凳。

舍了十年茶，他们都六十岁了。

这天，来喝水的四个男人走得又渴又累，老头问他们："你们从哪里来啊？"

那人说："俺去泰山了。"

他们坐下来歇歇，喝完水就走了。

人走以后，老婆看见地上有串青铜钱，知道是那四个人丢的，再看他们走远了，拿回家放到床席底下。

这天半夜，老两口做了同样的梦，都梦见一个光腚孩找爹，找娘。

老头说："我是你爹。"

老婆说："我是你娘。"

老两口知道这是说笑话，老婆已经十年没有月经，咋能当娘呢？

过了些日子，老婆病了，请来先生看，先生说老婆怀孕了。

当时谁都不信，这么大年纪咋能怀孕呀？

过了两个月，老婆肚子越来越大。

有个本该赚受家产的侄子说："你要是不想叫俺赚受你的过货，俺不赚受，还说自己怀孕了，谁信呀？"

快生孩子的时候，老婆把侄媳妇叫到跟前，让她看看是不是真怀孕。

阴历八月十四，老婆生了个男孩，起名叫明月。

俺老家有个风俗，孩子满月那天，姥娘家得来请满月，接娘儿俩回家住几天。奶奶要是在孩子眉头上画个黑勾，姥娘得给外孙买个小猪带回去；要是画个白勾，姥娘给外孙买只小绵羊带回去。

老婆和儿子明月要去姥娘家住满月，奶奶给孙子眉头上画个黑勾。

娘儿俩在姥娘家住了七八天，姥娘把孩子的胎毛铰了留好，后脑勺下面少留点，这个胎毛叫"八岁毛"。留了八岁毛，孩子不容易受惊吓，八岁才能剪掉。回家的时候，姥娘家给买头小黑猪带回来，奶奶养着，这个猪就叫"铰头猪"。

老婆去世的时候，明月的儿子一岁多，办丧事用的也是铰头猪。

那串青铜钱是咋回事呢？以前，有点儿钱的人家要是媳妇不生孩子，丈夫要去泰山"拴娃娃"。泰山上有个庙，庙里供着送子奶奶，求子的人把钱给尼姑，尼姑就给他一串青铜钱，意思是把你的娃娃拴走了，回家以后媳妇就能生孩子了。

求子的人当年喝水，拴娃娃的钱从兜里顺出去了。

摸爬叉[1]

俺小时候就爱摸爬叉。

到了农历五月初，天快黑了往地上看，要是有个豆大的小洞，用手指一抠，洞就大了，一寸多深的地方，准有个酱色的爬叉。

吃完晚饭再找，爬叉已经爬出来，爬到树上、墙上、麦秸垛上。爬叉愿意爬树，摸爬叉要往树上看，会爬树的孩子看见爬叉就上去摸下来。

摸回来的爬叉，回家以后扔进咸菜缸。烙饼的时候可以捞出来炒，炒熟了一家人分着吃。也可以切碎了做菜，当肉用。

老家有个谜语："黑穴洞中一老仙，看看园门黑了天，步步跐着朝天凳，半夜子时转少年。"谜底就是爬叉。

---

1 爬叉：学名金蝉，是蝉科昆虫的代表种，成虫又称黑蚱蝉，俗称知了龟、知了猴等。山东各地的叫法不一，有爬叉、爬叉猴、嘟拉龟、知了狗等。

这个谜语肯定是个有学问的人编的，编得好，就是"半夜子时转少年"这句不对，也有爬叉早上起来才蜕皮哩。

蜕了皮，爬叉就不叫爬叉了，一身都是白的，俺那里叫"白嘟老的"，白嘟老的还能吃。想找它们得起早，拿个长竹竿子，扒开树枝树叶，看准了用竿子整下来。有的爬叉还没蜕完皮，弓腰趴在树上。

等太阳出来一晒，白嘟老的变成黑嘟老的，就不能吃了。公嘟老的叫声很亮，母的不会叫。它们在树上不吃东西，专门在夜里喝露水，不拉屎，光尿尿。

天热了，很多人到树下拉呱、睡午觉，要是一滴水从树上掉下来，那就是嘟老的的尿了。

俺七岁那年，吃完晚饭出去摸爬叉，那次摸得最多，摸了八个。看到墙上黑乎乎的，好像还有一个，伸手过去捏，小手指头叫蝎子蛰着了，好像半个身子都疼，俺放声大哭。

回家以后，娘把俺抱在怀里，用手捏着蝎子蛰的地方，一点儿办法都没有，她说："俺不能替你疼，要是能替你疼就好了。"

俺睡着以后，娘才把俺放在铺上。那天天热，俺在院里睡的，娘说她一夜都没睡着。

第二天早上不疼了，娘给俺洗脸，蝎子蛰的地方不能沾水。听说，那个三寸长的蝎子还在墙上趴着呢。

百时屯是淤地，地硬，爬叉少，沙土地里爬叉多。

黑嘟老的下子，都下到细树枝上，黑嘟老的下完子，树枝就死了。

听老人说，第二年二三月打雷的时候，嘟老的子才从树枝上掉到地上，再到地下，三年才能长成爬叉爬出来。都这样说，谁也没看见。

黑嘟老的能活到立秋，喝了立秋的秋露水，它们就死了，留下的爬叉皮子在树上，风刮也不掉。

老辈子手艺人

打锡壶的

东庄有个打锡壶的，他哪年都来俺百时屯几次。他一进庄就喊："打锡壶了——！打锡壶了——！"

走到庙门口，他把挑子放到路边，那里跟俺家就隔一条路。

那是一九四三年秋天，俺六岁，平时没啥看的，听见喊声赶紧往外跑。

打锡壶的看模样四十多岁，个子不高，他铺开摊子，炉子和风匣都小。庙门前本来就热闹，看热闹的越围越多，俺在最里边。

炉子刚点上就来活儿了，有人拿来一个摔扁的锡壶。

两人讲好价，打锡壶的把锡壶放到小锅里，烧上一阵子火，小锅里的锡就化成水了。

打锡壶的有两块方木板，两尺多长，上面都铺好草纸，他在中间放根左弯右弯的细绳，再把两块木板合上。木板一头垫高，上边有个小口，化好的锡水就从这儿倒进去，倒完为止。

打锡壶的用两只脚去踩木板。踩不大会儿，他把上边的木板打开，里面就是一块亮白的大锡片，差不多两尺吧，边上曲曲弯弯。

打锡壶的拿出来纸做的壶样子，放到锡片上画，画好了用大剪子剪下来，再用小锤子敲出壶肚，用锡焊上。壶嘴、壶盖也有样子，剪好，敲好，焊好，一个新锡壶做成了。

一手交钱，一手交货，剩下的锡片拿回家。

俺先站着看，站累了蹲着看。锡壶打完，腿酸得快蹲不住了，再来活儿也不看了，赶紧回家。

那时候有个谜语："四四方方一座城，城里躺着一条龙，烧热开水往里倒，倒到里边成冰冰。"谜底就是打锡壶。

小咕噜子

锔东西的，俺那里叫"小咕噜子"。

他们挑着挑子，吆喝的是："锔盆——锔碗——锔锅——锔大缸了——！"

那时候俺老家用的盆、罐、缸都是瓦的，不结实。这些东西要是打碎了，就扔了。要是打出璺[1]，锔上再用。

---

1 璺：瓷器、铁器等器物上因磕碰产生的裂纹。

那时候的锅都是生铁的，家家都用大铁锅做饭。不常做饭的，想吃炝锅面条，爆完锅填凉水，锅马上炸，收拾下看吧，锅底有璺了。

有个小咕噜子活儿好，还不多收钱，他要是来百时屯，活儿供得上手。

俺家有个描花碗打两半了，扔了可惜。

娘说："锔上用吧。"

这活儿不好干，细瓷薄，不能锔透，还得锔上。

小咕噜子把碗拿到手里看了看，开始干活儿，他在碗的外面锔了八个小铜锔子。

那天，他挣了不少日本人发的联合票子。

铁匠

百时屯经常来铁匠，来了住庙上，跟泥神像住一起。

庙里还有个常住的二瘸子，他从小要饭，一直住在庙里。铁匠做饭，用二瘸子的锅和他拾的柴火，做好饭菜一起吃。

铁匠都是两个人搭伴，在庙门外把炉子支好，就来活儿，打起铁来叮当响，很远都能听见。

两个铁匠一个拉风匣，一个掌钳。掌钳的把要打的东西放到火里烧，烧红以后，他用钳子夹出来，放到铁墩子上，左手夹住，右手用小锤子打。拉风匣的不拉风匣了，拿个大锤子打。

"叮叮哐——叮叮哐——"他俩像是商量好了，你两下他一下打出点来。

他们一住就是半个月，没活儿了再走，家家用的菜刀、铲子、锤子、斧头、镘头、铁锨、抓钩都是铁匠打出来的。听说，来得最远的铁匠是章丘的。

那时候，铁匠很挣钱，有这么个口头语："开过药铺打过铁，什么生意都不热[1]。"

石匠

以前种地，把种子种完，得用石头砘子在上边压一遍，把松土压实了，种子出得好。一个砘上有三个石头轱辘，中间的轴是木头做的，走一遍能压三趟种子。

麦子熟了割回来，在场里摊开晒干后，就该用石磙轧了。

石磙两边中间都有窝，四外有个木头框，框上有轴，正好插到石磙窝里，牲口一拉，石磙咕噜噜走。石磙轧几趟，把麦粒从壳里轧出来。

高粱和黄豆收回来，也用石磙轧。

碾子和碾盘都是石头的，碾子主要是给谷子、扁豆、穄子脱皮。

石头囤窑子跟现在的蒜缸子差不多，比蒜缸子大很多。要

---

1 热：热衷，有兴趣。

是粮食里有土坷垃，不用洗，放到石头囤窑子砸碎，用簸箕簸簸，土就簸出去了。大盐粒子买回家，也放在石头囤窑子里砸碎，再放盐缸里。

老家人爱吃面食，啥粮食都磨成面吃。磨盘有石头的，也有木头的，是托磨的圆形底盘。上面的石磨上下两片，上片俺那里叫"上启子"，有两个磨眼，小碗口大小，要磨的粮食从这儿倒进去。下片俺那里叫"下启子"，固定在磨盘上不动。上启子和下启子中间的东西，俺那里叫"磨脐子"，下面是铁橛，上面是窝，拉磨的时候上启子转。

让牲口拉磨得给它们蒙上眼睛，用厚布做的蒙眼布，俺那里叫"暗眼"。有的牲口偷吃东西，还得提前套上笼嘴。以前马少，拉磨都用牛和驴。

喂牲口用的是石槽，槽子上有眼，拴牲口用的。

石匠都在山根下，出石头的地方。百时屯没有石匠，这些东西有的套车去山下买，有的从会上买。

百时屯有断磨的。石磨用的时间长，磨齿子不快了，断磨的拿工具过来。一盘磨得断两天，供两顿午饭，还得给人家钱。

张箩、旋锭子的

"张箩、旋锭子了！"

这样吆喝的也是手艺人，他的挑子上面挂着现成的箩，买箩的少，换箩底的多。

磨面，得用箩筛面。箩圈是薄木板做的，不坏，箩底是用马尾和牛尾织的，又贵又不结实，得经常换。

挑子上还有个旋床子，不大。

放下旋床子，他开始坐下干活儿，一手拉皮带，一手拿刀。要旋的东西在中间转圈，他得旋出人家要的样子。

木碗、擀面杖、弹花锤子、棉花车上的锭子，都是他旋的。

编席的

俺老家，大床小床都铺席。

编席的编三种席，竹席、秫秸席、苇子席。竹席最贵，热天铺凉快。

娶新媳妇的人家，墙上要围半圈圈席，从床头到床尾。俺结婚的时候，还有圈席哩。

编圈席用白秫秸和红秫秸，白秫秸是高粱秸，红秫秸是人家专门种的。先泡湿了，用石磙轧，把秫秸穰子刮去，再用红秫秸在席上编出双喜字。

圈席做工最好，秫秸薄，编出来好看。

编筐的

以前编筐，都用白蜡条子。

要是编针线筐子、笾子[1]、簸箕，白蜡条子去皮。要是编粪箕子和筐，就不去皮了。

谁家要娶儿媳妇，先给儿媳妇买个针线筐子，里面放剪子、线板子、一块白布、一块黑布。

结完婚回娘家住对月，新媳妇带着针线筐子回去，回来得给婆家人做满家鞋，一人一双。

俺当年回娘家，针线筐里东西少，就给两个小叔子做了两双鞋。

以前种地，离了粪不中，老百姓常说："种地不上粪，等于瞎胡混。"会过日子的人，天一亮就扛着粪箕子四外转。

俺那里有林柳条子，编筐的用它编大囤、小囤，哪家都有七八个囤。

把囤买回来先和泥，掺上麦糠，和好泥往囤里抹。抹光溜了，晒干，整到屋里用砖凳起来，就能装粮食了。

林柳条子还能编鱼蓄笼。鱼蓄笼口小，越往里越大，口上拴个绳子，绳子上拴个长棍。里边下好鱼食，把鱼蓄笼放到没风的水里，鱼都去吃。

看着差不多了，用棍子往上挑，水都下去，鱼蓄笼里光剩下鱼了。

1 　笾子：盛东西的器具，一般用竹篾等编成。

吓人的林柳趟子

百时屯庄外有很多林柳，家家地头都有。林柳条子紫红色，有的地方叫红柳。

种林柳用林柳橛。怕把林柳趟子种歪，种的时候得拉个绳，用斧子把林柳橛楔到地上，以后年年出条子。

林柳条子用处多，细的编篮子、编筐，粗的编大囤、小囤，不编东西还能当柴火。

俺十四岁那年，俺家在北边地里种瓜，离家二里半地。

瓜长大了，爹黑天白天在瓜园看瓜。

天天中午俺送饭，最怕走那儿的林柳趟子。

那条南北道很直，一个弯都没有，就是洼。两边的地高，都是一米多高的林柳。林柳趟子一里多地，里面有好几个坟子，送饭再没别的路。

有两个坟子埋的都是二妮儿，那两个二妮儿同岁，都是俺亲叔伯妹妹，比俺小一岁。

她俩十二岁那年，俺庄来了传染病，嗓子里长白喉。头几天，俺还跟她俩一起玩，几天没见，听说她俩都死了。

在俺老家，小孩死了，扔到乱葬岗子。半大孩子死了，埋到林柳趟子里，说是"栏林柳疙瘩"，意思是当肥料让林柳长旺。

两个二妮儿的坟子，离得很近。

天天走到埋二妮儿的地方，俺都害怕，埋她俩的地方，林柳长得最高。俺看不见坟，可俺知道她俩就在那儿。

再往前走，还有吊死鬼的坟，那是俺邻居鹿家的媳妇，不知道为啥上吊了。横死的人进不了老林[1]，也埋这条路上了。

吃中午饭的时候，地里一个人也看不见。

那天，俺正害怕的时候，离老远看见一个大白褂子从对面来，不知道是人是鬼。

俺想往家跑，想起鬼比人跑得快，再说俺爹还在瓜园饿着哩。

强打精神往前走，俺已经不怕坟子了，就怕对面来的东西，心跳得难受。

走近再看，像个人，手里拄着棍子。

俺左手挎个篮子，右手提壶开水，已经想好了，要是这个人上俺跟前来，俺用开水烫他。

走到跟前，看出是个女人，有四十岁，头戴草帽，右眼斜楞，脸上一层灰土，好像很多天没洗了。

1　老林：祖坟。

她的白粗布褂子过了膝盖，黑裤子很脏，背个漏棉花的破被。她的两只脚像两个圆圆的大萝卜，肉皮色，肿了似的，底下绑着两个脏了吧唧的鞋底子。

她走得很慢，走到对面的时候站住了，问："小妹妹，前边是百时屯吧？"

俺说："是。"

俺紧走几步，过去了。

听见她说人话，俺不那么怕了，还有点儿怕。怕她万一是鬼，转过身追俺。

俺蹲下看着她走，看她走远了，俺才接着走。

2017年春天，俺做梦还走林柳趟子哩，吓醒了。

结巴四哥

俺有个邻居，俺叫他四哥。听说他小时候很会说话，八岁那年，他跟一个结巴学结巴，结果一年比一年结巴得很。

这年他十一岁了，邻居逗他说："四，你学个鸭子叫，俺给你个瓜吃。"

四哥说："俺俺俺俺，也也也也，不不不不，学学学学，鸭鸭鸭鸭鸭子叫，俺俺俺俺，也也也也，不不不不，吃吃吃吃，你你你的瓜瓜瓜瓜。"

大家哈哈大笑。

四哥二十多岁的时候，姜继平在百时屯道边支个棚子，卖羊肉汤。有一天，他从地里干活儿回来，坐棚子里歇歇。

继平问："四叔，你喝碗羊汤啊？"

四哥说："喝喝喝。"

继平盛一碗端到桌子上，四哥说："喝喝喝，喝不起！"

他走了。

四哥家哥四个，他最小。

有一次，他跟三哥吵架，本来是三哥的错，三哥说话又快吐字又清，没理也能占三分。

四哥有理说不出来，憋得脸通红，把舌头都咬破了，满嘴是血，就会骂："你你你娘的屁屁屁。"

俩人是一个娘生的，气得三哥要打他，看热闹的给拉住了，说："你看他有理说不出，急啥样了？你再打他，你这个当哥的，还叫他活不？"

劝架的人把四哥送回家，劝他说："你吵不过他，躲着他。大家眼光是亮的，都知道今天吵架是他不对，你别生气了。"

四哥是个好人，爱唱歌，爱唱戏，嗓音好，唱得好听，唱歌唱戏一点儿不结巴。

姥爷公公

姥爷公公住在龙堌集上。

集上的人都做买卖，干啥的都有。姥爷公公家里开洋弓，就是用驴拉洋弓弹棉花，挣了钱，换粮食。

他本来有两个闺女一个儿子，大闺女是俺婆婆，二闺女活到十六岁，让他气死了。

那时候，用木勺的人家少了，开始用铜勺。做好饭，用铜勺盛汤盛粥。粘鞋帮鞋底，也用铜勺打糨子。要是做完饭，用慢火打糨子，勺底不黑。用明火打糨子，勺底得贴块湿纸，不这样勺底就黑了。

那天，二姨用明火打糨子，勺底没贴湿纸，铜勺烧黑了，泡到水里。

姥爷回家问："谁用勺子干啥了？整得这么黑？"

二姨说："俺打糨子了，泡会儿再刷。"

姥爷公公啥都不说，抓住二姨打了一顿。正赶上二姨来月经，气得断经了。

那时候，管这样的病叫"干病"，治不好。

二姨死了，姥娘哭了两三年，想想就哭。

姥爷对姥娘也是说打就打，姥娘一句不敢说他。

俺男人小时候不大去姥娘家，那时候有句俗话："外孙是姥娘家的狗，吃饱就走。"他去了，姥爷也不待见他。

十二岁那年，婆婆让他往龙堌集娘家送东西，他去了。天很热，送完东西他没走，跟表弟一起玩，表弟比他小两岁。

玩了一会儿，表弟跟姥爷说："爷爷，俺渴了。"

姥爷拿个茶牌子说："你去茶炉子打壶水喝。"

下午，天更热了，俺男人想：这回俺送了不少东西，要是说渴，姥爷一定给点儿钱买个瓜吃。

他说："姥爷，俺渴了。"

姥爷说："水缸有水，你就喝呗！"

气得他好些年不去姥娘家，姥爷死了才去舅舅家。

龙堌集有个戏园子，常有唱戏的，姥爷是戏迷，经常去。有时候上午唱，下午唱，黑天以后还唱，黑天的戏叫"灯戏"。

那时候，演员不叫演员，叫戏子。女戏子很少，戏台上的女人都是男人扮的。

刘三扮女人，他唱得好，也是名角，就是个子大，脸又长，咋打扮都不好看。

姥爷不爱看刘三的戏，刘三一出来，姥爷就指着台上骂："我日死你祖奶奶！你这个龟孙！你又出来了！"

戏园子里有喜欢刘三的，不是好眼神瞪他，还说："你不听你滚!"

姥爷待不住，回到家接着骂。

那次唱了四天戏，他就去了两天。

俺没见过姥爷公公，土改的时候他进了监狱，死在监狱里。

这些都是公公和俺男人讲的。

愁嫁妆

娘说:"你三个哥哥小时候,都白胖白胖的,一个比一个好看,你爹谁都没抱过。你小时候又黑又瘦,洼抠脸,小眼睛圆圆的,看着好像不傻,你爹就爱抱你。"

人家的爹都喜欢儿子,俺爹喜欢闺女。

俺小时候,爹在巨野县城干事,只要回家先抱抱俺,跟俺贴贴脸,哪次都带回好东西,有吃的、穿的、戴的、玩的。巨野县城没有洋娃娃,爹从济宁买回来一个。

俺五岁那年,爹让银匠给俺做了一对小银镯子,一条银项链。项链底下是个大银牌,银牌上面有荷花和金鱼。项链上还有两个坠子,都是银做的小水鸭子。

这条银项链俺就戴过一回,庄里有人娶媳妇,让俺去接亲。

那年俺六岁,穿着红夹袄,戴着银项链,谁见了都夸几句。

新媳妇到了以后,一帮人过去接。

有人把一个布包递给俺,里面包着火烧。

俺把包交给新媳妇,就没事了。

后来土改，俺家的地没了，银项链、银镯子也不知哪儿去了。

俺排行老四，小名四妮儿。十几岁以后，俺跟着娘织布纺棉。

有一次闲说话，娘说："你小时候你参说过：四妮儿出嫁的时候，俺得多去几趟济南，给俺闺女办嫁妆。现在咱穷这样，拿啥办嫁妆？"

十四岁那年，俺跟人家去地里拾麦子。

那是俺第一次拾麦子，男人在前头装车，后边跟着一帮人拾麦子，俺跟在最后边。

拾了一阵麦子，几个妇女看四下没人，跑到地里偷麦子。

俺不敢偷，坐在地头等。

不大会儿，有人说："来人了！"

她们都开始跑。

俺吓坏了，心怦怦跳，比人家跑得都快。

停下来以后，她们说："你又没偷，你害怕啥？"

俺说不清，就是怕。

她们都拾一大捆麦子，俺拾得不多。

吃完黑天饭，俺开始流鼻血，两个鼻孔放线似的流。

娘叫人快到井里打凉水。

水打回来以后，娘在俺后脖颈放上凉手巾，用手往眉心拍凉水，一会儿就不流血了。

娘把俺抱在怀里放声大哭。

娘是个不爱哭的人，俺吓哭了，说："俺好了，娘你别哭了。"

娘不哭了，擦擦眼泪说："咱咋落到这步田地？让俺妮儿受苦了。"

一九五三年，俺虚岁十七。巨野县城的仁大娘给俺提媒，男方是她的邻居，这家四口人，一个男人，两个老婆，一个儿子。

俺娘不同意，嫌人家是小婆生的，说小婆的儿子叫人家瞧不起。

快过年了，邻居士平哥来提媒。

天黑以后，俺刚睡下，爹来了，坐在俺床头问："妮儿，你睡着了吗？"

俺说："没有。"

"俺跟你商量个事。"

"爹，啥事呀？你说吧。"

"你士平哥给你说的婆家在河西徐庄，隔条河，还没有桥，你嫌不嫌远呀？你要嫌远，咱就不叫他说了。"

俺害羞，一句话都没敢说，后来把头蒙上了。

爹不再问，出去了。

士平哥把媒说成了。

这天，送时分的来了。婆家送时分是告诉娘家结婚的日子，说是来年农历五月十六娶亲。

送时分的还送来四个银插子针，四个银戒指，一条黑纱巾，两块布，一块是蓝士林布，一块是黑色平纹布，能做一单一棉两身衣裳。

结婚日子定下后，爹娘总吸烟。家里没啥陪送，常听见他俩唉声叹气。

那时候，俺封建得很，看他们愁眉苦脸俺心疼，可出嫁的事说不出口。

那天，就娘一个人在家，俺鼓鼓劲跟娘说："娘，你不要为这点儿小事愁，人家不都这样说吗？'好儿不在千顷地，好女不在嫁妆衣。'俺啥都没有，也能把日子过好。你们再也别难过了，你们难过，俺也心疼。"

爹娘都不爱说话，从那以后，脸上有点儿笑模样了。

家里有奶奶用的桌子和柜，已经用了六十多年，又脏又破。

三哥把桌子和柜弄到大水坑里，泡了一天一夜。中午的时候，三哥下到水坑里，用笤帚头刷，刷干净了，再捞出来。

三哥用了很多办法，把桌子和柜整光溜，又刷了一层油，颜色是紫红的。

大哥叫三哥去了趟城里，给俺买出嫁用的东西，有梳头镜子、梳头盒、香粉、香皂、雪花膏、小手绢、一双洋袜子，就是咱现在穿的袜子。三哥还买了两块缎子布，红缎子布能做四个枕头顶，蓝缎子布够做一双鞋面。

大嫂、二嫂都忙开了。大嫂帮俺织手巾，这得按婆家的亲戚人数织。长手巾给婆家长辈，方手巾送给平辈，相当于给人家的见面礼。到时候还要磕头，人家给的钱叫"拜钱"。

织手巾都用蓝线和白线，长手巾和方手巾的花格不一样。

蓝线要拿到染坊染，不褪色。

百时屯没有染坊。那时候有专门收活儿的，谁家要染线，他拿出来两个竹牌子，一个拴到线上，一个给染线的主。送活儿的时候，两个牌子对上了，这线就是你家的。

大嫂把两样手巾织完了，又给俺织床单和包袱皮，床单和包袱皮都是一样的花格。

俺跟二嫂忙扎花，做花鞋，做衣裳。花鞋一共做三双，黑哗叽鞋结婚当天穿，红缎子鞋和蓝缎子鞋放在衣裳上边，打开箱子能看见，俺那里叫"摆箱鞋"，人家看的是新媳妇的针线手艺。

那时候没有缝纫机，都是一针一线地缝。

俺和两个嫂子起早贪黑忙了二十多天，才忙完了。

结婚那天，这些嫁妆用扁担抬到婆家。

当天还有两个人抬柜，两个人抬桌子，桌子上面是个木板箱。两伙人轮班抬，一共是八个人。木板箱咋来的，俺记不清了。

有这些嫁妆，已经相当不错了，比上不足，比下有余。

俺结婚的时候，还兴坐轿。上轿前，两个娘家人一边一个，用圈椅把俺抬到轿上。到了婆家，两个婆家人再用圈椅把俺抬到拜天地的地方。

大伯子刚十岁

李大孩媳妇死了，留下两个儿子，大儿子来财十岁，二儿子来福八岁。

一个男人领着俩孩子过，没个做衣裳做饭的，地里的活儿咋干呀？家里有三十多亩好地，还有三间堂屋、两间东屋、一间西屋，给孩子娶后娘，他倒是能娶上，就是害怕孩子受气。

两个儿子早都订了娃娃亲，大孩想把儿媳妇娶进门。

大孩找到媒人，两个人一块去了大儿媳妇家。

亲家不同意，说："孩子太小，俺闺女才十六，晚两年吧。"

大孩买了礼，和媒人一块去了二儿媳妇家。

二儿媳妇也十六岁，亲家同意了。

正好刚进腊月，回去看了个好日子，就结婚了。

结婚第一天，吃中午饭的时候，邻居嫂子把看新媳妇的人都撵走，叫新女婿给新媳妇送饭。

来福去送了，还说："你吃吧。"送到屋里就回来了。

嫂子问："你咋不陪着吃呀？那不是两双筷子吗?"

来福说："俺不去。"

天黑了，邻居嫂子叫来福去新房睡，咋劝咋哄也不去。

等来福睡着了，小脚嫂子才把新女婿抱到新房。

屋里冷，新媳妇不敢给他脱衣裳，怕他醒了。

睡到下半夜，来福叫尿憋醒，一摸旁边不是爹，哭了："俺找爹！俺找爹!"

媳妇说："你别哭，俺背你找爹去。"

媳妇穿好衣裳，把来福背到堂屋小床上，说："你去找爹吧。"

大孩一看这样不行，天天买点儿好吃的，偷着给新媳妇。

新媳妇看旁边没人，跟来福说："你黑天到俺屋睡吧，俺有好吃的。"

来福为了吃的，天天到媳妇屋里睡，醒了也不哭了。

几天后，来财指着新媳妇问："来福，咱该管她叫啥?"

来福说："俺不知道，咱去问爹吧。"

大孩让两个儿子问住了，想了想说："啥也不用叫。"

来财说："俺不能啥也不叫，还是叫姐姐吧。"

大孩没管他们，哥俩都管新媳妇叫姐姐。

来福告诉来财，姐姐屋里有好吃的。

到了黑天，来财跟爹说："今天夜里，俺也去姐姐屋里睡，行不?"

大孩说："不行，也不要这样说，再说俺就打你的嘴了。"

"为啥?"

"姐姐是你弟弟的媳妇，你这样说，让人家笑话，记住了吗?"

"记住了。"

在俺老家,新媳妇正月初二得回娘家。

十六岁的新媳妇和八岁的小丈夫上车了,邻居赶着牛车走,十岁的大伯子哭着追出来:"俺也去!俺也去!"

新媳妇喊:"停车!"

停车以后,新媳妇下车,把小大伯子抱上车。

年初二走亲戚不兴住,吃完午饭就回来了。

回来以后,小哥俩抢着帮姐姐干活儿。

家里有了做饭做衣裳的人,大孩也高兴,一家四口的小日子过得很好。

聪明的麻妮儿

麻妮儿家有二亩桃园，她十六岁了，天天看桃园。

小时候出天花，落了一脸大麻子。从那以后，没谁叫她名，都叫她麻妮儿。

离桃园二里地有个王庄，王家很富有。女人死后，男人又当爹又当娘。后来娶了两个儿媳妇，他又当公公又当婆婆。

收完麦子后，妯娌俩想回娘家，到上房去跟公公说。

公公说："现在不忙了，去吧。"

大儿媳妇问："爹，你叫俺住几天？"

公公说："你住五十天，她住八十七天，你俩一天回来。"

二儿媳妇问："爹，俺回来的时候你要啥？"

公公说："你给俺拿回来肉包骨头，她给俺拿回来骨头包肉。你们回去想想，一定按俺说的做。"

两个人答应："哎。"

妯娌俩的娘家在一个庄，离王庄三里地。公公叫长工套车送，妯娌俩非要走回去。

梳洗打扮完，两个人就上路了，一路上愁坏了。

大媳妇说："公公让俺五十天，让你住八十七天，咱咋能一天回去呀？"

二媳妇说："他要的肉包骨头，俺也没处整。"

两个人走到桃园，在桃树底下一边乘凉一边哭。

麻妮儿看见了，过来问："你俩哭啥哩？"

大媳妇说："公公给俺出难题。"她把回娘家住多少天学说一遍。

麻妮儿说："这个不难，五十天倒过来就是十五天，八和七加一块也是十五天。"

二媳妇问："小妹妹，他还要骨头包肉和肉包骨头，这又是啥东西？"

麻妮儿想了想说："骨头包肉是核桃，肉包骨头是枣。"

妯娌俩说："小妹妹说得对，这下俺不用愁了。"

两个人在娘家住了半个月，一块回婆家。大儿媳妇家有核桃园，拿回去的是核桃。二儿媳妇家有枣树，拿回去的是大枣。

公公看东西都拿来了，问儿媳妇："这是你们想出来的吗？"

大儿媳妇说："不是。出门二里地有个桃园，看桃园的小妹妹告诉俺的。"

公公说："俺三儿十六了，该娶媳妇了，俺得给三儿娶个聪明的媳妇。"

二儿媳妇说："那个妹妹一脸大麻子。"

公公说："聪明就行。"

媒婆到麻妮儿家说媒，娘说："不中，俺家穷，闺女丑，门不当，户不对。"

媒婆说："王家相中了孩子，人家知道麻妮儿聪明。"

娘说："人家愿意，俺就愿意。"

这媒一趟说成了。

公公的小名叫"九"，麻妮儿进门后从来不说"九"字。

公公有个仁兄弟姓王，他跟别人说："俺今天就叫她说'九'。"

这天，他来到王家敲门，麻妮儿过来开门，跟王叔问好。

他跟麻妮儿说："今天是九月九，俺敲门敲九下，请俺九哥去喝酒，俺还买了九个菜，你公公回来告诉他。"

离开王家后，他返回身偷听。

公公回来了，麻妮儿说："俺王叔来了，敲门敲了三三下，今天是个重阳节，请俺公爹喝几盅，买的菜三三开，有四五，菜名就叫连根土。"

麻妮儿说的是韭菜，到底没说"九"。

三忍和傻丈夫

三忍上面有俩姐姐，下面有俩弟弟，家里穷。

那时候有这句话："添人不添地，越过越不济。"两个姐姐十五岁都出嫁了，三忍也到了十五岁。

这年春天，家里没啥吃的了，媒人来了。

媒人提的婆家在东乡里，离家十九里路，男方二十岁。媒人说，许亲以后先给三布袋粮食。

那年头，打听媒很难，不是亲近的人不说实话。谁都知道，"宁拆十座桥，不拆一家婚"，拆人家婚，死了到阴间有罪。

东乡里没有可靠的亲戚，爹没打听就许亲了。

第二天，一辆牛车拉来两布袋高粱、一布袋黄豆，爹娘都很高兴。

两个月后，三忍结婚了。谁都能看出来，她丈夫是个傻子。

送亲的回去都说三忍爹："你也不打听打听，咱三忍要模样有模样，要个头有个头，这么好的孩子嫁了个傻子，家还穷。"

爹娘心里很难过。

三天回门，三忍一个人回去的。傻丈夫没跟着，赶牛车的是个五十多岁的老头，婆家的亲戚。

三忍回到娘家没哭，一句难听的话都没说。

那时候，女人找了傻丈夫就两条路，第一条路是认命，另一条路去死，没别的办法。

三忍刚结婚那两个月，婆家天黑锁大门，光怕三忍跑了。后来看三忍老老实实过日子，才不锁大门了。

傻子知道疼三忍，有了好吃的他不吃，给三忍吃。三忍磨面，他把粮食送到磨上，三忍磨完面，他再挎回家。

大年初二，新女婿得去娘家走亲戚。婆家没借到牛车，让三忍坐小木头轱辘平车回去，傻子在前面拉，弟弟在后面推，上面放床被，筦子里放很多礼。

三忍看哥俩累了，要下车走。弟弟聪明，推着车子在前面走，好叫哥嫂说说话。

傻子说："你看人家小两口有说有笑，咱俩也说说话呗。"

三忍问："你会说个啥？"

傻子说："俺不会说，你教俺呗。"

三忍想想也对，她说："好，你听着，一年春秋四季……"

傻子不走了，抬头叉腰放开嗓子说："一年春秋四季！"

三忍说："快走呀！你使那么大声干啥？"

傻子还是不走，这次声更大了："快走呀！你使那么大声干啥？"

三忍不敢说话，往前走。

傻子紧跑几步追上来说："你再教教俺。"

三忍说："俺一脚跺死你！快滚吧！"

傻子还是放开嗓门学："俺一脚跺死你！快滚吧！"

三忍爹到海子门外接三忍，三忍看见了，喊了一声"爹"。

傻子紧忙上前，抬头叉腰放开嗓子喊："一年春秋四季！快走呀！你使那么大声干啥？俺一脚跺死你！快滚吧！"

三忍爹吓坏了，赶紧往家跑，回到家泪流满面。

三忍娘问："咋了？"

他说："傻子来了。"

不大会儿，三个人进门了。

弟弟把礼送到堂屋，给三忍的爹娘问好，问完好说："俺给大爷拜年了！俺给大娘拜年了！"连磕两个头。

傻子学弟弟的样子说："俺给大爷拜年了！俺给大娘拜年了！"也连磕两个头。

他这次学对了。在俺老家，岳父岳母如果比父母年纪大，女婿叫大爷大娘，年纪小，叫叔和婶子，五十岁以上的人现在还这么叫。

三忍给爹娘磕完头，看见爹流泪，她说："爹，你哭啥？俺现在很好，公公婆婆对俺好，傻子疼俺，粗茶淡饭，能吃饱肚子。"

爹说："今后的日子可咋过？"

"没事，有俺哩。傻子有力气，听俺的，还愁过不好吗？"

三忍把爹娘劝好，吃完午饭就走了。

邻居看见傻子穿戴可体，干干净净，都说傻子有福，娶了个好媳妇，公公婆婆心里也美滋滋的。

突然有一天，傻子早晨起来，看见媳妇没了，去厨房看也没有，哭着去找娘。

娘到屋里看，三忍的东西全拿走了。

傻子家派人去三忍娘家和两个姐姐家找，都说不知道。

姑舅姨叔家也去了，还是没找到。

知道三忍跑得远，找不回来了。

大年初二那天，三忍偷着跟大姐说："傻子不懂男女事，跟他在一个床上睡了十个月，俺还是黄花闺女哩。"

几个月后，有人给娘家偷着捎信儿，说三忍又有了婆家。

爹问："她在啥地方？"

捎信儿的人说："你闺女不叫俺说，你们别惦记了。"

从那以后，三忍活不见人，死不见尸，再也没有回来。

二妮儿相亲

过去，俺老家叫二妮儿的很多，排行第二的女孩，家里人都这么叫。

百时屯的这个二妮儿，爹缺心眼，生生把娘气死了。

爹外出要饭，要到章缝姓章的人家。歇了一会儿，拉拉呱，说好把二妮儿给人家当童养媳。

二妮儿去了以后，给章家抱孩子，刷锅，纺棉花。

后来长大了，做饭，推磨，簸粮食。一天到晚没歇着的时候，穿的是带补丁的衣裳。

这样委委屈屈过了八年，二妮儿十七岁了，丈夫比她小三岁，两个人还没圆房。

有一天，二妮儿去井台挑水，有个好心的邻居问："你想离开章家吗？"

二妮儿说："想。"

邻居说："要是想离开章家，你去找区政府，他们能帮你。"

第二天吃完早饭，二妮儿去了区政府，把自己的事说了。

区政府的人跟着二妮儿来到章家，二妮儿说："俺不想在你家了。"

老婆说："俺养了你八年，八年白养了？"

二妮儿说："俺给你家干八年活儿，也不能白干！"

两个人吵起来。

区政府的人说："大婶，现在婚姻自由了，以后没有童养媳了。她不愿意在你家，叫她走吧。你不叫她走，政府也不同意。"

老婆没办法，点头同意了。

二妮儿把旧鞋、旧衣裳包上，又去包被子枕头，叫老婆抢走了。

区政府的人说："你这样对她，还怨她走吗？她走到哪里是不是都得盖被？你不给她被子，叫她盖啥？"他把被子抢过来，给了二妮儿，又跟老婆说，"你儿呢？叫你儿送她到百时屯，送到家你们就没责任了。"

章家这个儿子俺见过，长得不孬，他把二妮儿送到百时屯就走了。

出了章家门，二妮儿没处去。爹在外要饭，长年不在家，家里啥都没有。明知大娘嫌贫爱富，还得去大娘家。

大娘看见二妮儿，脸拉下来问："你咋来了？带被子来，还想长住呀？"

二妮儿说："大娘，俺实在没处去，你先容俺住几天。"

在大娘家住了几天，二妮儿帮着洗洗涮涮，没见过大娘笑脸，大娘还说："俺家没闲饭养闲人。"

不管大娘说啥，二妮儿都得厚着脸皮在那儿住。

这天，大娘家来了个媒人，给二妮儿提的媒是龙堌集的，男方爹娘死得早，就他一个人过，家里有三间平房，十多亩好地。

大娘说："俺不管，你跟二妮儿说吧。"

媒人把条件又说了一遍。

二妮儿说："俺得见见人。"

媒人说："中。"

见面的地方，定在男方的姑表姐家。

二妮儿一个人过去相亲，见男孩大个，很俊，心里可高兴了。她怕自己配不上，壮着胆说："俺家穷，啥也不陪送，你嫌俺穷不？"

男孩说："不嫌。"说完就走了。

媒人问二妮儿："中不中？"

二妮儿说："中。"

媒人说："男方想早点儿娶你进门。"

二妮儿红了脸说："中。"

娶亲这天，男方家来了一个牛车，把二妮儿拉走了，娘家也没去人。

拜天地的时候，二妮儿顶着蒙头红。

进洞房以后，新女婿没影了。

天黑以后，有个男人拿着尿盆子进屋了，二妮儿一愣，问："你是谁？"

男人说:"俺是你丈夫。"

二妮儿腾地站起来,指着男人大声骂:"俺丈夫俺见过,不是你!你滚!滚得越远越好!"

二妮儿连推带打把男人往门外推,门推不开,从外面锁上了。

二妮儿把男人打了一顿,脸也挠出血来。

这男人打不还手,骂不还口。他已经三十二岁了,小个子,长得猴头猴脑。

二妮儿打累了,坐到床上,大声哭了小声哭。

男人说:"你别哭了,明天俺送你回家。"

可怜二妮儿没有家,没有回去待的地方。

那时候,跟人家过夜了,就是结过婚的人。改嫁的女人,俺那里叫"后婚儿",还叫"二婚头子",很难找到好人家。

二妮儿就跟这个人过了一辈子,生了两个儿子、一个闺女。

二十年以后,丈夫死了,她再没嫁人。

第一个离婚的女人

刚兴离婚那两年，哪个庄要是有个离婚的，就像现在的明星离婚，马上传开了。

有人说："往上数多少辈子，也没这规矩，有丈夫还离婚，太丢人了！"

有些老头老婆说："这是兴的啥呀？要是这样，以后咱中国不得乱套吗？"

俺庄上有个闺女聪明伶俐，手还巧，啥活儿都会，哪儿都好看，就是脚大，小时候没裹好。

媒人给她说的婆家是黄庄的，这个男人又馋又懒，说精不精，说傻不傻，外号"半吊子"。

闺女的婆家姓马，结婚以后百时屯人都叫她老马。

那时候找个丈夫不像样，死了很多好闺女。老马没少哭，可她不想死，就是不想跟半吊子过一辈子，总想着往外逃。

土改以后兴放脚，老马的脚一放就开了，就是脚趾头有点儿弯。后来时兴离婚，老马第一个去章缝区离婚了。

离婚以后回娘家，她哥和她爹都嫌丢人，不叫她进门，不走就打。

她娘哭着问她爹："你不叫老马进门，她还能去哪儿呀？这不是往死路上逼她吗？"

她爹说："你还有脸哭哩？你理料的闺女太张狂了！你也睁眼看看，咱巨野县谁家闺女离婚了？"

老马进不去娘家门，转身走了，她心里有个老主意：不管咋难，俺不去死。

她去高庄姨家。

她姨问："老马你咋来了？"

老马哭了半天说："俺离婚了。"

她姨说："孩子你咋离婚了？多丢人呀！你哥和你姨父都下地干活儿了，他们回来，你千万别说。"

老马点点头说："要是能好好过日子，谁愿意离婚呀？俺跟半吊子实在没法过了。"

她姨说："你别哭，俺想办法，帮你找个好人。"

晚上，她姨出去找媒人，跟媒人说："俺外甥女老马，你在俺家见过，她离婚了，今年二十二岁，看看能不能给她找个婆家。"

媒人说："还真有个好头儿，俺看他俩很般配。男方是曹楼的，姓陈，都叫他小风。小风从小没爹没娘，奶奶拉巴成人的。奶奶给他娶媳妇了，才结婚还好，后来不知咋了，他把媳妇休了。"

她姨说："他婶子，明天你去跑一趟吧。"

第二天，媒人去了曹楼，在庄上遇到小风，跟他一说，小风问："能不能叫俺跟她见见面，说说话？"

媒人说："俺给你问问，你听信儿吧。"

曹楼到高庄二里地，媒人跟姨说："人家男方要见见面，说说话，你问孩子愿意不愿意。"

老马从里屋出来说："中。"

媒人说："明天吃完早饭，到俺家见面吧。"

第二天早上，两个人见了面都很高兴。老马长得俊，小风长得也好看，说话也说到一起，这个媒说成了。

小风回去找人看日子，结婚，把老马当闺女娶的，结婚那天可热闹了，雇了两乘轿，还有吹喇叭的。

结婚以后，没谁叫她老马，都叫她老陈。

奶奶婆看不上她，打她，骂她。奶奶用棍子打，老陈身上没断过伤。听说孙媳妇在老马家五年没生孩子，奶奶经常破口大骂："你这个不要脸的，你有男人，又勾搭俺孙子！打死你这个不下蛋的老母鸡，俺再给孙子娶个好的！"

小风再心疼媳妇，奶奶也不是他管教的人，咋说咋劝，奶奶还是打骂。

老陈也长脸，结婚三个月怀孕了。

小风去找他大姑，奶奶叫大姑接走了。

当闺女的劝娘："你打孙媳妇，你不怕孙子心疼呀？你看你孙子跟媳妇多好呀，你别糊涂，别打人家了，你快当老奶奶了。"

奶奶从大姑家回来，再也没打骂过孙媳妇，知道孙媳妇怀孕了，有好吃的也给孙媳妇吃。

百时屯的老周找个丈夫比她大十岁，傻，总流口水，不知道干净，更不知道过日子。

哥哥知道妹妹相不中丈夫，时兴离婚了，哥哥跟妹妹商量："离婚吧。"

老周说："哥，你不怕丢人呀？老马离婚了，她爹和她哥不叫她进门。"

哥哥说："谁想说啥谁说啥。现在有国家撑腰，你离了婚，再也看不见那个傻东西了。"

老周是这个庄第二个离婚的。

老马的爹和哥听说老周也离婚了，外庄离婚的越来越多，想开了。哥哥捎信儿，叫妹妹老陈回娘家。

老周离婚后，也嫁了个可心的丈夫，姓赵，都叫她老赵。

老赵和老陈是好姐妹，赶巧俩人都回娘家，一人拿一块花布，找俺二嫂剪衣裳。

俩人都胖了，不像以前闷闷不乐。说起话来，老陈说："俺以前那五年，就怕黑天跟他睡。"

老赵说："俺也是。要是有了孩子再像他爹，那就不能活了。"

老陈说："咱俩想的一样，有了孩子，就逃不出去了。"

二狗离婚

才时兴离婚那两年，结婚、离婚都得去区政府。

张庄有个老张家，俩闺女俩儿子，二儿子取名二够，意思是两个儿子就够了，多了也养不起。外边人不叫他二够，都叫他二狗。

家里穷，哥俩都二三十岁了，没来过媒人。

土改以后，家里分到房子，分到地和牲口，日子好过了。大哥找了个后婚儿，结婚了，就剩下二狗。

娘找媒人说："你跟俺儿说成媒，俺多给你媒礼。"

媒人两头瞒，真把媒说成了。

二狗二十九岁，媒人说他二十二。女方十七岁，媒人说她十八。

二狗娘怕夜长梦多，赶紧操办，想快点儿把媳妇娶进门。

那时候，老家结婚说道多。要是腊月结婚，啥说道都没了，俗话说就是"腊月娶乱岁"。

腊月十六,二狗结婚了。

拜天地的时候，媳妇顶着蒙头红，看不见二狗。天黑了，二狗进屋，小火油灯不亮，媳妇看不清二狗，光看着大个子。

第二天早上，一看二狗又丑又老，媳妇哭了。

二狗当小孩一样哄她，经常给她买点儿她喜欢的东西，总怕守不住媳妇。

媳妇怀孕了，生了个男孩，二狗想：这回总算金砖落地了。

哪想到，孩子两岁刚不吃奶了，章缝区政府的人来到村里讲婚姻自由，女人可以提出离婚。

二狗媳妇提出离婚，三口人去了区政府。

管离婚的人问："你俩谁要孩子？"

二狗说："俺不要。"

媳妇说："俺也不要。"

管离婚的人讲，妇女地位要提高，把孩子断给二狗了。

两个人领了离婚证，走出区政府大门，二狗把孩子头朝下放，光抓住一只小脚丫，吓得孩子嗷嗷哭。

媳妇追过来说："二狗呀，你咋这么狠心？"

二狗说："你不狠心，为啥不要孩子？孩子是俺的，你管不着！把他祸害死，俺好找媳妇。俺二狗不是以前的穷光蛋了，俺再娶媳妇，她还生孩子。"

孩子哭了半里地，媳妇跟了半里地，后来大声说："咱不离婚了！咱回去吧！"

二狗也累了，坐到地上，孩子两个小手往娘那里够，二狗就是不叫他娘抱。

媳妇说:"咱别离了。"

二狗说:"俺把这孩子祸害死,你也省心了。你再找个好男人,也不委屈了。"

"俺以后再也不说离婚了,你把孩子给俺。"

"你真不离婚了?"

"不离了。"

二狗把孩子给了媳妇,说:"你把离婚证给俺。"

他回到区政府,把两个离婚证往桌上一放,说:"俺俩说好了,不离了。"

三口人回到家,接着过日子。就是从那以后,孩子不让爹抱。

赶会该穿啥

从前，谁封建得很，谁是好闺女，谁的脚小，谁能找个好女婿。

新社会以后，这些东西说变就变了，龙塪集的大龙因为媳妇脚小要离婚。

大龙的婚姻是父母包办，媳妇长得好，啥活儿都会干，一家人都喜欢，就他不喜欢。他念完初中，跟光会干活儿的小脚媳妇没话说。

土改后，大龙到龙塪区政府上班，一起工作的年轻人，人家的媳妇有的是同学，有的是姊妹团团长，人家的媳妇都是大脚板。

时兴离婚后，他提出离婚。

爹骂儿子作死，娘劝儿子说："你睁眼看看咱前后院，谁家媳妇能比得上你媳妇好呀？大高个，脚又小，又白又俊。织布纺棉，做菜做饭，针线活儿，她全会。"

大龙说："娘，现在是新社会了。小脚女人就是残废，封建得很就是傻子。"

爹看大龙不听劝，去了趟区政府，跟办离婚的人说，不能给大龙办离婚证。

第二天，大龙去上班，有人说："你爹昨天来了，说你们全家都不同意你离婚。"

大龙听了很生气，爹娘都是老封建，他也没办法。

过了一段时间，他突然跟媳妇好了，也跟媳妇拉家常了。

媳妇想：这是爹娘不叫他离婚，他没办法了，才跟俺好。

结婚三年，他没跟媳妇睡过，没跟媳妇好好说过话。

这天，他问媳妇："你一天到晚干这活儿，干那活儿，你不累得慌？"

媳妇说："干点儿活儿能累着吗？不累。"

"你一天天不出大门，你不闷得慌？"

"俺在娘家也不出大门，惯了，不闷得慌。"

大龙说："今天咱龙堌有会，咱俩去赶会呗。"

媳妇高兴得不知咋好了，连说："中，中。"

大龙说："你得好好打扮打扮。"

媳妇把结婚时娘家陪送的好衣裳都拿出来，问大龙："穿哪件好看？"

当时是秋天，穿单衣裳的时候。大龙给媳妇选了一身薄棉衣，蓝缎子棉裤，红缎子棉袄。

媳妇说："俺那身粗布粉红格上衣和黑粗布裤子就很好。"

大龙说："还是穿缎子好，谁家媳妇有大缎子衣裳？就俺媳妇有!"

媳妇穿好衣裳，他说："你娘给你买的粉呢？你找出来，擦点儿粉呗。"

媳妇打开粉盒，用粉扑往脸上拍了点儿粉。

大龙说："太少了，多擦点儿。"他拿起粉扑，往媳妇脸上拍了很多粉。

媳妇说："俺又不是去唱戏，不中，俺洗了去。"

大龙说："你擦粉是给俺看的，俺喜欢。"

媳妇用手搓了搓，没敢去洗。

她拿出两双缎子面绣花鞋，一双粉红的，一双绿的，问丈夫："哪双好看？"

大龙说："都好看，你一样穿一只吧。"

媳妇说："谁家穿一样一只鞋呀？"说是这么说，没犟过丈夫，穿了两样鞋。

她知道自己打扮得很难看，不想出门，又怕丈夫生气，别别扭扭出了门。

大龙头里走，小脚媳妇在后边一扭一扭地走。

到了会上，赶会的人很多，都看她。

人家穿单衣，就她穿棉衣，热得满脸大汗，把脸上的粉弄得一道一道的。

大龙要领媳妇去区政府，媳妇说："咱回家吧，俺太热了。见了你们那些干部，俺又不会说话。"

大龙说："不用你说话，你跟俺走就行了。你多认识几个人，

以后来办事也有熟人。"

这话很管用，媳妇跟着去了区政府，总共也没说几句话。

第二天上班，他去找办离婚的人说："昨天俺媳妇来，你们都看见了，你们就叫我跟这种女人过一辈子吗？"

大家都说："这媳妇太不像样了。"

没费啥劲，大龙的离婚证到手了。

一辈子没吃过一顿饱饭

俺太姥娘家在巨野曹海，曹海有个男人，已经五十多岁，他常说："俺这辈子没吃过一顿饱饭。"

太姥娘知道了，跟太姥爷说："都说云山大哥这辈子没吃过饱饭，你在菜园子给云山大哥找点儿活儿干，俺今天叫他在咱家吃顿饱饭。"

太姥娘蒸了一大锅包子，炒了两个菜。

中午，云山干活儿回来了，太姥娘打来一盆洗脸水。这边洗脸，那边太姥娘把饭菜端到堂屋桌上，一壶酒、一壶水、两个菜、一干粮筐包子，一个包子二两左右，一共三十个。

太姥娘怕他磨不开，叫他一个人在堂屋吃，她去菜园子给太姥爷送饭。

太姥娘从菜园子回来，云山从堂屋出来说："他婶子，俺吃完饭了，一会儿你收拾了吧，俺回家了。"

"你不坐会儿？"

"不坐了。"

太姥娘送走云山去堂屋，两盘菜吃光了，二两酒喝完了，水还剩下半壶，干粮筐里还有俩包子。

过了些天，邻居跟太姥娘说："云山还是没吃饱，怕你笑话他没规矩，才没吃干筐子。"

俺老家有规矩，到别人家做客，要是把干粮吃光了叫"吃干筐子了"，让人笑话。

这年，巨野县城收黄豆，收了送到济宁，装船往外运。

云山跟两个人在曹海买黄豆，推到城里卖。

媳妇知道丈夫吃得多，提前给丈夫做了宁窝窝。宁窝窝是死面的，先和一块白面、一块黑面，黑面是高粱黄豆面。和好以后，白面放下边，黑面放上边，用擀面杖擀成大片，放上葱花油盐卷好，揪成块做窝窝。一个宁窝窝大约半斤，媳妇给他带了三十个。

从前都用木头轳辘小红车拉东西，一边一布袋黄豆，一布袋黄豆一百三十多斤。云山比他们有劲，上边多搭了半布袋黄豆。

从曹海到巨野五十多里路，都吃自己带的干粮，饿了就吃，云山一天都吃完了。

卖完黄豆出了城门，三个人来到集上找店住下。

从前农村的店都是草铺，想盖被子得花钱租，住一夜花不了几个钱，第二天再推空车子回家。

第二天早晨，三个人都买了丸子汤，那两个人拿出干粮泡着吃，云山光喝丸子汤。

他俩看他没啥吃的，都给他干粮，他没要，说："俺三天不吃饭，一样有劲。"

云山家里穷，他想去给人家做长工，找了五家都不要他，都嫌他吃得多。

黄河沿上有双鞋

　　哥哥叫留生，是个聋哑人，村里人都叫他哑巴。弟弟叫留全，脑袋大，腿短，走路晃，都叫他二晃。他们住在黄河边上。

　　爹死以后，娘守寡八年。

　　一九七一年，哑巴十四岁，二晃十一岁，娘改嫁了。

　　在俺老家，父母不在了，长兄为父。长大成人后，要是家里穷，大哥都先给弟弟张罗媳妇，弟弟都娶上媳妇了，他再娶媳妇，要不外人笑话。很多当大哥的，耽误了自己的终身大事，打一辈子光棍。

　　哑巴不会说话，他也这么想。

　　娘走以后，他学会剃头，经常出去干活儿，挣了钱也不会存到银行，放到玻璃瓶里埋起来。

　　二晃十八岁那年，哑巴找媒人，用罐头瓶里的钱，给二晃娶了媳妇。

　　媳妇叫二妮儿，她看不上二晃，也看不上这个家，整天哭丧着脸。

二晃疼媳妇，啥活儿都不让媳妇干。

哑巴拿兄弟媳妇当妹妹，哪次出去剃头，都买二妮儿爱吃的东西，还给她零花钱。

二妮儿胖了，脸上有了笑模样，从二晃手里接过做饭的活儿，天天给哥俩做饭。

婚后第三年，二妮儿娘家盖房子，二晃过去帮工，二妮儿回去帮家里做饭。

帮工的都是亲戚和邻居，二晃听见有人小声说："二妮儿这么好的孩子，咋找个那样的女婿？"

有人小声回："不找这样的女婿，这个家能盖这么好的房子？"

二晃听见了，就当没听见。

帮了四天工，房子盖起来，该回家了。

二妮儿说："俺陪俺姐再住两天，你先回去吧。"

二晃先回家了。

两天以后，娘家来信儿说，二妮儿跳河死了。

二晃放声大哭，几个邻居过来，劝他赶紧过去捞人。

黄河沿上有双二妮儿的布鞋，还有一把钥匙，很多人下去捞，都没捞到人。

有人去找黄河打捞队。

打捞队在二妮儿跳河的地方捞出一个女尸，让二晃过来看，二晃说："不是。"

打捞队接着打捞，又捞出两个尸体，都是女人，叫水泡得白胖，二晃还是说："不是。"

打捞队的人说："你媳妇跳河这片，再捞也没了。"

二晃说："这仨都不是。"

有人说："活人跟死人不一样，叫水一泡都不好认。"

还有几个人说："你别光哭，你看哪个像你媳妇，咱用拖拉机拉走。"

二晃擦擦眼泪，到死尸那里仔细看，说："这个有点儿像。"

他选的是第一个捞上来的女尸。

几个人把死尸抬上车，拉回家，买个棺材装上，埋到村外树林里。

腊月二十八那天，二晃拉开大门，门口有一大篮子蒸好的干粮，里面有黄枣馍、白面菜馍、白面馍，还有一个白面和枣做出来的花山。

一连四年，都是腊月二十八，都是这些东西。

邻居知道了，都想看看啥人送的。有几个人商量好了，轮班守在门口。

腊月二十八，一更多天，来了个挎篮子的男人，走近了看四十多岁。

邻居问："你是什么人？"

男人说："俺叫报恩。上辈子他们哥俩对俺家有恩，俺来报恩哩。"说完，把一篮子干粮放到二晃家门口，走了。

从那以后，再没人来送干粮。

又过四五年，哥俩才听说二妮儿没死。姐姐大妮儿出主意，往黄河沿放了一双鞋，还有一把钥匙，编了瞎话。她把二妮儿领到河南，嫁给一个铁匠，二妮儿给铁匠生了一儿一女。二妮儿娘家心里有愧，才托亲戚来送干粮。

二晃没去河南找二妮儿，也没去娘家闹，没过几年就死了。

哑巴打了一辈子光棍。

方言里的故事

骨叽

在俺老家，蹲下不说蹲下，说骨叽下。

女人把饭做好，男人端碗到外边去吃，邻居四下往一起凑，图热闹。

刚收完麦子，家家都吃白馍馍。男人把白馍馍掰开，夹上点儿菜，端一碗稀的喝。

一个人到了老地方，骨叽下，把碗往地上一放就吃饭。

不一会儿，四外邻居都端碗过来，这个不来那个来，哪顿饭都得十几个人，一边吃饭一边拉呱。

只有刮风下雨，男人才在自己家屋里吃饭。

俺那里水不好，咸，一年四季，家家吃饭都有喝的。

要是地里活儿忙，饭和茶送到地里。一帮男人骨叽到地头，一边吃喝一边拉呱。有说笑话的，有讲故事的，也有说咋种地咋上粪的。

前院士朝哥经常去人堆里，骨叽下吃饭。

刚吃一半，有个人放屁，士朝哥端起碗就走。不管到哪儿玩，他都这样，有放屁的，他赶快走开。

俺家没谁到当街吃饭，俺爹说俺哥："吃饭不许往外走。"长工不一样，长工可以骨叽到人多的地方吃饭。

年景好的时候，冬天的饭多数是黑窝窝。用二十斤高粱、十斤黄豆磨成面，蒸出来的窝窝像个小碗，越嚼越香。早饭吃窝窝，就咸菜，喝糊涂。男人把两个窝窝一摞，窝窝里放点儿咸菜，端碗黑糊涂出去吃。

大多数人用左手端碗夹窝窝，还真得点儿功夫哩：前面三个手指头翘起来，碗坐到中间；后面两个手指往回一弯，夹住窝窝。右手光拿筷子。走到地方，把碗端下来放到地上。碗里要是菜，就不放地上了，咬口窝窝夹口菜，吃得可香了。

冬天骨叽到外面吃饭，得找块没有风有太阳的地方，这样的地方人多。

听说也有生气打架的时候，你把热糊涂扣到他脸上，他拿黑窝窝砸你的脑袋。拉开就没事了，都在一个庄住着，又是一个姓，用不了几天，又骨叽到一堆。

信准儿和嘹亮

女人改嫁，老家不说改嫁，说"信准儿"。

一九五九年，饿得最狠的时候，姜家有个孙媳妇来找俺三嫂，说："三奶奶，俺夜里饿得睡不着，想了个办法，你看中不中？"

三嫂说："你说吧。"

"三奶奶，咱信准儿吧，信准儿也比饿死强。你要是去，咱俩做个伴。"

这个孙媳妇比三嫂大一岁，是个实在人，她说："咱找个有啥吃的男人，跟他过一冬一春。到割麦子的时候，咱偷跑回来。"

三嫂听了又难受又好笑，她说："孙媳妇，你饿拼[1]了？咱山东都挨饿，信准儿谁要咱呀？谁都知道添粮不如减口，你千万别往外走了。在家，咱有个屋，还能烧点儿热水喝；出去你就回不来了，饿死在半道，谁能知道？你要是有本事，下关外看看，听说关外还中。"

孙媳妇说："都说三奶奶嘹亮，三奶奶真是嘹亮人。"

女人心眼多，明白事理，老家人就说她"嘹亮"，嘹亮人就是明白人。

孙媳妇走的时候，三嫂送到大门外。她说："三奶奶，俺听你的，饿死俺也死在家。"

这个孙媳妇没信准儿，也没下关外，最难的年头也熬过去了。

---

1 拼：傻。

好吃的不见了

老家那些好吃的，现在没有了。

俺最想吃多打、嘛噶子嘴瓜，还有从前的甜瓜。

那时候种瓜，不用化肥，不用农药，有句俗话说："种一辈子瓜的老汉，报不全瓜名；打一辈子鱼的老汉，报不全鱼名。"瓜的品种太多了。

阴历四月，脆瓜、脆艮瓜、艮瓜都下来了。脆瓜有点儿甜，脆艮瓜差些，这两样瓜生吃、拌凉菜都行。艮瓜一点儿都不甜，只能炒菜吃。门口常来卖的，也有自己家种的。

吃着吃着，门口就来卖嘛噶子嘴瓜的了。这种瓜青绿皮，头粗根细，又甜又脆，比脆瓜和脆艮瓜好吃多了。

这些瓜，都比不了甜瓜。

六岁那年，俺和爱莲、菊各去北门外玩，北门外有片甜瓜地，离老远就闻见香喷喷的甜瓜味。

士朝嫂在瓜地喊："四妹妹，你过来！四妹妹，你过来！"

士朝嫂是个疯子，俺不敢去。

爱莲说："老疯子要给你瓜吃，你怕啥？去！"

俺去了。

疯大嫂家种了二亩甜瓜，她叫俺坐到瓜埯子里，给俺半个甜瓜，叫俺吃。

俺还是害怕，咬一口瓜看看她，咬一口瓜再看看她。

她知道俺怕她，说："别害怕，吃饱再走。"

她这样说，俺就不怕她了。

俺俩拉家常，拉得很好。她问啥俺说啥，俺问话她也答。那个甜瓜又甜又面，半个瓜俺就吃饱了。

俺要走，疯大嫂叫俺拿两个大瓜给俺娘吃。俺拿不动，抱一个回家了。

十四岁那年，俺一帮人都在路边的墙影下凉快，卖甜瓜的挑着一挑瓜来了，老远闻见香味。

小方娘吧嗒一下嘴，跟俺们说："一会儿俺儿就送瓜来。"

俺们都笑了。

卖瓜的是个二十多岁的小伙子，他把瓜挑放在俺们跟前，拿出毛巾擦汗。

这么好吃的瓜，这么多人，没人买。想吃，都没钱。

小伙子走了两步，站到小方娘跟前喊"娘"，还说："俺爹快七十岁了，啥时候找了这么个小娘呀？"

小方娘红着脸低下头，啥也没说。

小伙子挑着瓜走了。

那些年太乱了。先花日本票子，日本倒台子了，很多人家

318

用日本票子糊墙。后来花中央票子，花了两三年，又不能花了，家家都没钱。实在想吃瓜，得用粮食和鸡蛋换。

来东北以后，老想着老家的瓜好吃。

2002年，俺去了河南濮阳，离山东老家很近。瓜下来了以后，俺去市场找从前的甜瓜，没有。

当地人说："不种了，现在的瓜都高产。"

过了几年回巨野，老家也没有从前的甜瓜了，关里关外都是高产瓜。

从前的甜瓜甜，没钱买。现在有钱，买不着了。

刚记事那几年，年年正月初二，俺跟娘去姥娘家拜年。

拿去一大筢子礼，娘叫姥娘都留下。姥娘家枣树多，妗子给装满满一大筢子枣。

回家以后，娘留出来，等着做扁豆糕。

到了芒种，扁豆下来，把扁豆放碾上去皮，用簸箕簸干净。去完皮的扁豆，老家叫"扁豆黄子"。

吃完早饭，大嫂把扁豆黄子用水泡上，再把干枣泡上烧开，去去枣皮的苦味，中午正好做扁豆糕。

那时候家家都是大铁锅，锅底加好水，放上锅屉，铺好笼布，大枣一切四瓣，放到扁豆黄子里，再用白面搅好，倒到笼屉布上，像蒸发糕似的蒸好。

扁豆黄子本来是杏红色，很鲜艳。蒸熟以后，扁豆黄子都开花了，又沙，又甜，又面，扁豆糕变成灰白色，上面星星点

针线筐

点露着红色的枣皮。

大嫂把扁豆糕放到面板上，切得一块一块的，可好吃了。

听说，现在都种高产小麦，没谁种扁豆了。

以前，俺家没断过炒面。

地瓜干和大麦先用大锅炒，都炒得黄洋洋的。把地瓜干放到石头囤窑子里砸碎，再跟大麦一起磨。磨完，用细箩筛，炒面做好了。

用开水冲出来的炒面，又香又甜，颜色也新鲜。想吃干点儿的炒面，少加点儿水。想喝稀点儿的炒面，多加点儿水。

哪次磨炒面，俺家都磨三四十斤。大嫂说："有炒面好做饭，干粮少了冲炒面。"

2015年回老家，俺跟外甥女说："给俺买点儿炒面呗。"

外甥女从超市买回炒面，全家人都不吃，就俺一个人尝。

不是小时候家磨的炒面，没有那样的香甜味了。

现在都不种大麦，那种炒面吃不着了。

那时候，冬天啥水果都没有，俺娘提前做好醉枣，冬天拿出来，又好看，又好吃。

阴历七月枣红了，娘准备做醉枣。先把瓦罐洗干净，坛子也行，没腌过咸菜的都行。

枣得上树摘，掉到地上的枣不行，多多少少都有伤。

枣都用酒洗，得轻轻往酒里放，洗完轻轻捞，在瓦罐里一个个码好。

每年，娘都让人摘两串带叶子的枣，在酒里洗完，放在瓦罐最上面。

放满枣，用猪尿泡封口，一点儿不透风。

阴历十一月，打开瓦罐，红枣绿叶，像刚从树上摘下来一样。枣还是那么脆甜，有点儿酒味，就是枣叶不能吃。

多打二月二才能吃到。

里面五样粮食，有小米、黄豆、小麦、高粱，剩下的那样有的放绿豆，有的放扁豆。

把五样粮食磨成粗面，提前泡好。

和面的时候多加水，做饭的时候水都吃进面里了，再放葱花、咸盐、香油、材料面，团成一个个圆圆球，蒸熟了很好吃。

吃饭的时候，家里的老人先拿一个多打，捧起来祷告说："多打多打神，多打粮食多来人。"

死人证明

巨野县有个公社干部叫向阳，一九五七年公出去济南。

农村邻居两个嫂子叫他捎东西，他也想买点儿农村买不到的东西，带了不少钱。

长这么大，他第一次出远门，也是第一次坐火车。刚到济宁火车站，有个小偷就跟上他了。

小偷穿得比向阳好，上火车以后，他坐到向阳对面，问："大哥，你哪里下车？"

"济南。"

小偷说："济南我常去，咱同路。"

向阳说："太好了。"

两个人越拉越近。

中午吃饭，向阳从帆布兜里掏出家蒸的干粮，黑白两和面的馍馍。小偷拿出来的是面包，那时候面包稀罕，一般人买不起。他给向阳吃，向阳没要。

吃完午饭，向阳困了。

小偷说："你放心睡吧，到站我喊你。"

向阳说："中。"

头天晚上没睡好，他抱着兜子睡着了。

看向阳睡着了，小偷扒拉他说："大哥，咱都到济南下车，你放心睡，我给你拿着兜子吧。"

向阳睡得迷迷糊糊，很听话，把兜子交给小偷接着睡。

等向阳一下醒过来，兜子和对面那个人都不见了，对面都是生人。

向阳问："那个人呢?"

对面几个人都摇头："哪个人? 俺不知道。"

"去济南的那个人!"

对面几个人还是摇头："俺们才上火车。"

"下站是哪儿?"

"兖州。"

向阳知道坏了，上当了，钱、办事用的证明、要去办事的地址都在兜子里。证明和地址都丢了，他裤兜里就剩几毛钱，还去办啥事呀? 他必须马上下车，赶紧回家。

他买不起车票，住不起店，那几毛钱算计着花，一步一步往回走。实在累了，遇上顺路的牛车马车，坐一会儿。

第五天下半夜，他总算到家了，在外面敲门。

等了半天，爹起来了，在里面问："谁呀?"

"俺是向阳。"

爹带着哭腔说："儿呀，俺知道你死得苦，你别来吓俺了，快回你的坟吧。"

向阳说:"俺没死,啥叫死得苦?"

爹说:"你入土三天,昨天圆坟呀。"

向阳生气了:"爹你这是说啥哩?俺千里迢迢走回来,满脚是泡,你还咒俺死!"

"你真没死?"

"没死!"

"俺开个门缝,你把手伸过来,让俺摸摸。"爹摸向阳手热乎,才把门打开了。

娘从屋里出来问:"他爹,你跟谁说话哩?"

向阳说:"娘,俺是向阳。"

娘扑通一声坐在地上,放声号哭:"儿呀,你死得苦唉——!"

向阳蒙了,问爹:"我明明活着,这是咋回事呀?"

爹扶娘起来说:"他娘,向阳没死,俺摸他手了,热乎哩。"又跟向阳说,"进屋说吧。"

进屋点灯,爹和娘端灯过来正打量向阳,向阳媳妇推门进来,她大叫一声"俺的娘呀",开始浑身打哆嗦。

向阳问:"你们这都咋了?咋看见俺像看见鬼?"

爹把向阳的帆布兜子拿过来:"这是不是你的?"

向阳说:"是,咋在这儿?"

"俺想问你哩。"

"在火车上丢了,这次出门啥事也没办成。"

爹说:"你数数钱,看少没少。"

向阳数了数，说："没少。办事的地址也有，就是证明没了。"

爹说："证明让公社给收走了。人家铁路的人看见火车道上有个尸首，尸首兜子里有那个证明，给公社打电话，让公社过去领尸首。"

"哎呀！那个人是小偷，偷了俺兜子！俺和他不是一个模样，你们还看不出来吗？"

"那个人脑袋让火车轧碎了，咋能看出长相？公社雇马车拉回来，怕俺伤心，没让俺看就装棺材里了。发送那天，公社、大队都来人了。"

"你们发送的是小偷！"

"那可是大喜！俺儿子太平就好！"老两口又是哭又是笑。

"俺饿毁了，两天没吃东西。"向阳说给媳妇听，媳妇也高兴，喜滋滋地说："俺这就去做炝锅面条。"

老家有个规矩，死在外面的人不叫进庄，死在爹娘前边的人不叫多放，也不能埋到祖坟，尸首埋在外面了。

第二天，亲戚和邻居听说了，都过来看向阳，两个叔伯兄弟说："这个小偷可把咱家害苦了，咱去把狗日的扒出来，喂狗！"

尸首扒出来，他们给扔到乱葬岗子了，棺材也不要了。

认娘

刘庄有个田氏，十八岁结婚，十九岁生了儿子，一家人都很高兴。可惜，二十二岁那年，丈夫得急病死了，田氏抱着儿子经常哭。

婆婆跟她说："俺知道你是好孩子。前几天俺给你算卦了，算卦先生说，你的命太独，俺儿是你独死的，说你还得独死俺家两口人，说你光独男不独女。俺怕你独死你公公，这个家没法过了，咱分家吧！"

婆婆分给她十亩地一个院，院里有三间土房。

自从分了家，田家人谁都不敢来。

邻居听说她命独，也不敢来往。

那时候，女人死了丈夫都守寡，田氏领着儿子拴柱孤单过日子。

那十亩地，娘家爹帮着种帮着收，年年粮食吃不了。田氏在院里种了两年菜，后来种了一院子树。

她起早贪黑织布纺棉，年年都卖很多布，自己穿的衣服却补丁摞补丁，只有出去串门，她才穿那身蓝粗布衣裳。

娘家亲戚说："老田，你又不是没有，你又这么年轻，咋不好好穿穿？"

田氏说："人家穿好的给丈夫看，俺穿得再好没人看。俺得省着过，给俺儿娶媳妇。"

拴柱上过几年学，田氏怕儿子没爹受委屈，好吃的、好穿的都是儿子的。

拴柱十八那年，年头不好，庄里有人要去黑龙江，他非要跟着去，田氏拦也没拦住。

后来拴柱来信，说在大庆落脚了，当了工人。

两年后来信说，他在那里娶了媳妇。

一九五八年，亲戚都说："老田，你咋还一个人在家过？你儿在大庆当工人，你还不去找他？"

都这样说，田氏也动心了，她想儿子。儿子出去四五年，就回来一次。

她把房子和树都卖了，提前看了个好日子出门了。

长这么大，她连汽车都没坐过，坐火车更是第一次。她还一个大字不识，问了很多人，才来到大庆，找到儿子家。

儿子开门一看，娘穿的粗布衣裳又肥又大，梳着疙瘩揪，脸上干巴巴的，背着一个破行李卷，还是小脚。

他说："你走错门了，快走吧。"

田氏问："你不是拴柱？"

"我不是，我不认得你。"

田氏一眼看出他是拴柱，人家不认这个娘，她也没办法。

她背着行李卷一步一步往火车站走，好不容易走到火车站门口，坐到地上放声大哭，她边哭边说："俺二十二岁你爹死了，俺守寡拉巴你，盼你长大，俺好有个依靠。没想到，俺几千里地来找你，找着你，你不认你的亲娘！你这个没心没肺的人呀！"

看热闹的越围越多，说啥的都有。

有的说："我要知道哪个是她儿子，我得好好收拾他一顿！"

有的说："这老太太，太可怜了！"

有一对小两口是当地人，他俩从这儿路过，商量完挤到里边。

男的说："娘，你啥时候来的？你在这儿哭啥？"

田氏说："俺儿不认俺。"

男的说："娘你糊涂了，你认人家是你儿，人家能认你这个娘吗？我才是你亲儿哩！"

女的说："娘别哭了，咱回家。"

第二天是星期天，两口子领着田氏和孩子逛商店。媳妇给田氏买了里里外外的新衣服，还买了两双袜子、两双鞋，又领着老太太去洗澡。

田氏长这么大第一次洗澡，不好意思脱衣裳。

媳妇说："娘，你看这儿都是女的，脱了吧，今后咱得经常来。"

田氏这才把衣裳脱了。

那时候洗澡没有淋浴，都是大池子。

洗完澡，田氏说："咋这么舒服呀？身上真轻快。"

田氏换上新衣裳，媳妇发现：这哪里是老太太，原来是个中年妇女！

田氏长得俊，那年才四十五岁。

媳妇说："娘，换下来的这些衣裳咱别要了，我给你扔了吧。"

田氏说："俺还要。"

媳妇说："好好好，听娘的。"

四口人往家走的时候，田氏说："俺以前听说，县城有个洗澡堂子，开洗澡堂子的，一年能养三个大肥猪，不喂别的，就喂洗澡洗下来的脏东西，喂得可胖了。"

那三口人听了哈哈笑。

田氏在这个家慢慢熟了，天天做饭，照顾孩子，小两口放心上班。

过了半个月，田氏问儿子："俺看人家有自行车，你咋不买一台？"

儿子说："娘，等以后有钱了买。"

田氏说："不用等以后，俺给儿子买。"

她找出来那条破棉裤，从里面拆出来500块钱交给儿子媳妇说："这是俺这些年攒的。买完自行车，再买个缝纫机，要是剩钱再买块表，你俩谁戴都中，以后上班也有个点儿了。"

小两口把这三样东西都买回来了，儿子高兴得不行，走到哪儿都说："俺和媳妇都没有爸妈，在火车站认个娘，俺以后也有亲娘了，孩子也有奶奶了。俺家三大件都是俺娘买的。"

田氏的儿子拴柱听说了，过来接他娘，进门就跪下了，说："娘，那天俺错了，咱回家吧。"

田氏说："你是谁呀？俺不认得你!"

"我是你儿拴柱啊!"

"你认错人了，俺不是你娘。"她指着这家儿子说，"这个才是俺儿哩，你快走吧!"

过了几天，拴柱和媳妇一起过来，好话说了千千万，田氏到底没去。

可能是良心发现了，以后拴柱一年来两趟，八月节和春节，看看娘，放下东西就走。

田氏一次也没去过他家。

入乡随俗

一九六〇年三月，俺从山东巨野来到黑龙江安达。

那时候黑龙江天还冷，俺瘦得皮包骨，头发就剩一小缕，两根辫子跟粗鞋带一样，棉袄棉裤又肥又大，冷风直往里钻。

俺男人说，俺的嘴唇是紫色的，脸是黄色的。

到了这年冬天，砖厂的大宿舍太冷，三家凑钱到农村买了一间半小趴趴屋。

那地方现在是安达市卧里屯乡保国村，那时候叫鸡房子，有二三十户人家，房子北边是草原，一眼看不到边。

俺家住北炕，两家河南人住南炕，一家姓左，一家姓宋。

三家男人都去上班，三个女人和孩子在家，没事都不出门。

小趴趴屋没院子，窗户上没玻璃，糊窗户纸，光能听见窗户外面来回过人。

一进腊月不一样了，总听见外面猪叫。

俺男人说，这是东北人杀猪呢，人家叫"杀年猪"。

有一天，邻居王家三闺女到俺屋串门，她问："要过年了，你们咋不忙呀？我们家家忙。"

俺问："你们都忙啥？"

她说："杀猪，刷房子，买年画，蒸黏豆包，包冻饺子，做新衣服。"

俺们没啥忙的，单位发的布票都卖了买房子，一家人能吃饱饭，很知足了。

坐了一会儿，三闺女说这屋太冷，家里活儿多，回去了。

要过年了，俺姐仨把头发洗干净，剪了剪头发。剪下来的头发放在一块比，俺的头发最好，新长出来的头发丝又黑又细。

年三十这天，俺三家跟平常一样，谁也没做新衣服，光把粮本上供应的东西买回来，炸了点儿丸子，包了点儿饺子。

到了晚上，屯子里可热闹了，又是鞭炮响，又是脚步声，很多人说话。

俺们想往外看，窗户糊着纸，啥也看不见，外边太冷，也不能出去。

后来才知道，他们都去道上烧纸。他们不说烧纸，说"发纸"，是请祖宗回家过年。发纸回来，全家人给祖宗烧香磕头。

年三十晚上，还有去道上接神的。东北人供的神多数是胡黄二仙，点一堆火，把上年用黄纸糊的牌位烧了，换上新牌位。把神接回家，烧香摆供，再吃年夜饭。

初一早上吃完饺子，俺大人孩子都换上干净衣裳。在山东和河南，大年初一得出去拜年，给长辈磕头。

俺说："他们都瞧不起咱，咱不去给他们拜年。"

左嫂比俺大七岁，她说："咱不到外边拜年，到左右邻居家拜个年吧。"

俺们去了左右邻居家，先给供在正当门的祖宗牌位磕头，再给长辈磕头。

两家长辈赶紧喊媳妇扶俺们起来，说："还是关里人规矩大。"

俺这才知道，这地方不兴磕头。

公公婆婆来了以后，过年的时候，俺们还给他们磕头，磕了十好几年。

俺大儿媳妇是本地人，她看俺给婆婆磕头，也给奶奶婆婆磕了一回头，第二年没磕。

后来，俺们都不磕头了，婆婆还念叨过："这咋连头都不给磕了？"

俺男人说："娘，东北不兴磕头，咱就入乡随俗吧。"

一九六二年年跟前，夏大娘给俺送来一大碗黏豆包、两棵酸菜。

中午俺炖了半棵酸菜，热上黏豆包。这是俺第一次吃酸菜和豆包，豆包很好吃，酸菜可难吃了。

俺男人下班回来说："切酸菜不像切白菜，得用刀把菜帮片薄，再切成细丝，用猪肉炖就好吃了。"

打那以后，俺不光学会吃酸菜，还学会腌酸菜。过年的时候，经常吃猪肉酸菜馅饺子。

一九七九年，有人给表侄保媒，表侄和闺女都同意，见了几回面就过年了。

在山东老家，亲事定下了，男方得去女方家串门，还得正月初二去。

正月初二，表侄去了未来岳父家，人家吓了一跳。

未来的岳父喊未来的岳母："赶紧苫起来!"

表侄没听懂，不知道啥东西还得苫起来。

吃完午饭，全家人往下捡桌子。表侄看见柜上放个窗帘，随手掀开，想看看里面是啥。

这下坏了，未来的岳父拉长了脸说："一点儿没有规矩，你以后再也别来了!"

这门亲事黄了。

这地方的规矩是，新女婿不能见女方家的祖宗牌位。结婚前三年，串门都得过了初五，等人家把老祖宗送走，你才能去。表侄掀开的窗帘下面，就是人家苫起来不让他见的祖宗牌位。

东北人办喜事，都赶在年前年后。

第一次到屯子里喝喜酒，俺带二儿子去的，也不知道屯子的规矩。

一张矮腿桌子放到炕上，八个人一桌，哪回上菜，大家都抢着吃。

俺一口菜没吃，还没等喂饱孩子，管事的人就喊："前客[1]让后客！前客让后客！吃完饭的，赶紧下桌啦！"

俺领着孩子赶紧下桌。

后来才知道，不管谁家办喜事，这个屯子的大人孩子都去吃饭。左邻右舍家都摆上桌子，地方也不够，就一悠一悠吃。一悠吃完，撤了盘子碗，下一悠赶紧上，后面还有好几悠等着呢。时间长了，小孩子都会抢菜，人家管这叫"搂席"。

搂席俺没学，也不想学。

那时候穷，肚子都空。现在农村办喜事，没听说哪里还搂席。

---

1 客：客人，黑龙江人读qiě。

老马

俺听说，马三岁能干活儿，六到十岁是最好的年龄。到了十五六岁，零碎活儿还能干，出长途不行了，活到二十岁的马很少。

各队分马的时候，给隆安大队分来娘儿俩。母马个头不高，蹄子很大，车老板管它叫"大脚"。小公马才两岁，黑红色，毛皮亮，他们给取名"狐狸子"。

狐狸子能干活儿了，归陈维生使，送公粮，出远门，越使越好使。

有一天，生产队来俩人。他们是庆安的，给他们生产队买马，在马棚里看个遍，相中狐狸子。

那是一九六七年，狐狸子十二岁。

陈维生舍不得，去找队长。

队长说："趁早卖，还能多卖几个钱。过两年，还有人要吗？多卖几个钱，年底大伙还能多分俩钱。"

陈维生能说啥，闷头回去。

庆安人把狐狸子从马棚牵走，狐狸子好像啥都知道，走到大脚跟前站住了。

大脚已经老了，干不动活儿，在圈里趴着，抬头看了看狐狸子。

庆安人拉缰绳，狐狸子才走了。

一九七一年春天，隆安大队正耥地，马棚里多了一匹马，狐狸子回来了。

听说狐狸子回来了，大伙都来看，陈维生跑在最前面。

狐狸子见到陈维生，好像见到熟人，用鼻子轻轻拱他两下。

有的说："狐狸子八成想陈维生了。"

陈维生摩挲摩挲狐狸子说："它是惦记大脚呢。"

可惜，大脚死了，死两年了。

陈维生找到队长问："狐狸子回来了，咋办？"

队长说："现在正忙，咱先用着再说。他们来找，就给他们，不来找更好。"

陈维生用狐狸子耥了三天地，庆安来人，把狐狸子牵走了。

隆安大队在兰西县北安乡，俺那儿有个亲戚叫王恩富。他聪明能干，日子过得好。

一九九三年，他赶马车到兰西县里办事，车上套一个马，一个骡子。他二姐家在兰西街里，办完事他去二家姐吃饭。

二姐找了一堆衣服，装丝袋子里，让他给三姐捎着。

王恩富赶着马车往家走，先阴天，后下雨，越下越大。出城十多里地，回头一看，丝袋子没了。他停下车往回走，顶着雨找丝袋子。

好不容易找着丝袋子，再往回来，马车没了。

完了完了完了，他心说：找回来一袋子旧衣服，丢了一挂车，亏大了，我得啥时候才能挣够一挂车钱啊？

王恩富本来一身湿透，浑身冷。马车没影了，他满身是汗。

下雨天，没处找车，天快黑了，还是先去大姐家住一宿吧。他大姐家在红光乡义丰村，走三四里公路，还得走五六里土道。

离老远，王恩富就看见大姐夫站在院门口。

看他过来，大姐夫说："快点儿进屋，你大姐都急哭了！马车来家，不见你影，你大姐就说你出事了。下这么大雨，她让我出去找，我上哪儿找你啊？"

王恩富进了院子，先看见马车，马和骡子让姐夫拴马棚了。

见了大姐，王恩富讲了经过，一家人都笑。

王恩富说："我就赶车来过两次，它们就记住道了。"

大姐说："老马识途。"

放牛

安达那地方草原多，俺家住的地方离草原近。

一九八〇年前后，二儿子和三儿子初中毕业了，没啥干的。俺怕他们跟二流子学坏，买了两头奶牛，放牛、喂牛、挤奶、送奶，两个人都有事干。

后来，好多单位都招工考试，二儿子考到砖厂当工人，俺和三儿子接着养牛。那时候，俺家已经有三头大奶牛了，还有两个小牛犊。

有一次，天气预报说有雷阵雨，下雨也得放牛呀。小牛犊俺没赶出去，大牛都赶到草原上。

那天又是刮大风，又是下大雨，雷声可大了。有几个放牛的看雨来了，把牛赶回家，就俺一个人在大草原上。

奶牛不怕雷阵雨，该吃草还吃草。

雨过天晴，中午俺赶牛回家。

邻居问："张嫂，你一个人在草原上，不害怕吗?"

俺说："俺啥都不怕，就怕鬼。"

大账和小账

俺今年八十岁了，身体没啥大毛病，经常有人问俺健康秘诀，俺说：要学会算大账，不算小账。自己的身体是大账，剩下的鸡毛蒜皮都是小账。

在山东老家的时候，婆婆对俺不好，赶上三年饥荒，俺和大儿子都快饿死了。等俺和丈夫在东北站住脚，她要来投奔俺。

一个屋住的俩嫂子都说："这回她来了，你好好报仇。"

俺说："俺啥都听你们的，这不能听你们的。"

不管咋的，她是老人，在老家过不了才来投奔俺，俺咋能不好好待她。俺平时口攒肚挪，粮本上攒了八十多斤口粮，再捡些破白菜叶子，挖些野菜，公公婆婆和两个弟弟来了，将就着都能填饱肚子。

一九六二年夏天，俺在安达市砖瓦厂装窑，这活儿又热又脏又累。

那时候都是转盘窑，这边出新砖，那边码新砖坯子，窑里热得很，灰还大，干活儿得穿长袖衣裤，戴帽子，戴套袖，戴围裙。

一车砖坯子一千多斤，俺从窑门推进来，一手一块往上扔，扔给码窑的。码完一车，再来一车。

干别的活儿八个小时下班，装窑天天有任务数，五个多小时就干完了。

那天装了一天窑，俺下班回家，离老远听见婆婆的说话声，她嗓门亮。

俺家房子前面有个仓房，她坐在仓房的阴凉里，正跟几个老太太说俺的不是。说她给俺看孩子俺不领情，说有天家里吃肉，俺给别人碗里盛的都是肉，给她碗里盛的都是骨头，这些都是没影的事。

俺当时很生气。再想想，跟她吵一顿，让邻居知道咋回事，俺倒是心里痛快。可要是把她气病了，还得俺伺候，孩子她不能看了，饭不能做了，那样俺就不能上班挣钱了。

俺走过去，跟那些婶子大娘说："你们都在这儿凉快呢?"

她们都说："你下班了，快歇歇吧。"

俺说："俺去给猪整菜去。"拿个土篮子，上地整菜去了。

俺心里想：你愿意编瞎话就让你编吧，俺给你倒出时间，叫你说个够。俺没做那种不讲道理的事，不怕你说。

那时候猪菜多，地头有的是。

俺整一篮子猪菜回来，那伙老太太早散了。

婆婆做好饭等着俺，对俺好了好几天。

俺就像啥都没听见，该咋的还咋的。家家都有鸡毛蒜皮的小事，心大量宽点儿，啥都有了。

有一次，俺家二小子跟前趟房的二小子打架了。

他俩同岁，虚岁都九岁，那孩子的妈看见了，帮着孩子把俺儿子打了。

俺儿子很委屈，回家来搬俺，一边哭一边说："人家妈帮着，把我打了，你就不会帮帮我呀？"哭完说完，他就往外走。

俺婆婆那几天血压高，两天没吃饭了，听说孙子挨打，跟俺说："你快出去，抓住那个小老婆打她一顿，也给咱家孩子出出气！"

俺去了，怕他们再打起来。

婆婆站到俺家院子里，提名道姓地骂开了。

儿子看见俺去了，一蹦一蹿地骂："我跟你家孩子干仗，他打死我，我都没啥说的，你个骚老娘们不该打我！"

俺说："你不听话，你婶就打你呗！"

听俺说这话，那孩子妈脸通红。

她长得瘦小，打架肯定打不过俺。俺是想：她打了俺孩子，打到身上也揭不下来了。儿子一口一个骚老娘们，也骂够人家了。前后院住着，又在一个厂子，低头不见抬头见，就这样吧。

没过几天，她孩子跟别的小孩打架，她还帮着打，让人家狠狠打了一顿。

俺结婚时，三小叔子九岁，记事了。

长大以后，他对俺可好了。

退休以后，他好几次跟俺说："嫂，你到俺家住几天，我好好孝顺孝顺你。"

俺去过几次，两口子对俺太好了，天天晚上把洗脚水端到跟前。

俺洗完脚，他们把洗脚水端走，袜子都给洗了。

他们伺候得俺受不了，不敢去了。

这辈子俺总算大账，不算小账，时间长了，学会了不生气。

你们都比俺有文化，比俺会算账，不生气，都能做到吧？

姜淑梅涂鸦

文 | 艾苓

缘起

娘的第三本书《长脖子女人》是本民间故事集，编辑想配插图，跟我说正在物色画家，想不出哪位画家的画风跟娘的文字相配。

娘管我要过彩笔，涂抹了一段时间，她有剪纸的功底，应该可以自己插图。我跟编辑一提，他欣然同意，说："可以试试。"

回头跟娘汇报，她说："不行，你不看见了吗？我现在画啥不像啥。"

我说："你要是一拿笔，画啥像啥，画家都得饿死了。慢慢来，反正时间长着呢。"

娘又涂抹了一个下午，终于没有耐心："你马上给编辑打电话，插图他爱找谁找谁，我不学了。"

"为啥？"

"画得不好哇。你马上打电话，别让我着急了！"

我说:"好好好,我打电话。"

我没打这个电话,写了封电子邮件,想了想,保存到草稿箱。

娘睡了一夜,想法就变了。

第二天早晨我刚进门,她就说:"我画不好,还画不孬?画得不好,人家不放到书里不就行啦?"

"这就对了。反正你学画画呢,画着玩呗。"我故意问:"你昨天是怎么说的?"

老娘嘻嘻笑:"张老师,我错了!我给你鞠一躬吧。"

出版方急于推出第三本书,书里没放插图,姜淑梅涂鸦却从此开始了。

有个小朋友知道娘在画画,网购了画画教材和画画工具送过来,娘从花卉开始,玫瑰、牡丹、荷花慢慢来,逐渐迷恋。

待她用笔熟练,我马上叫停:"不要再画这些花花草草了。"

"为啥?"

"这些花花草草,小学生都会画,比你进步快。"

"那你让我画啥?"

"像你写书一样,画就画那些别人不知道的事。你过去生活的村庄什么样,很多风俗已经没有了,你可以画出来。"

娘说:"好了老师,我知道了。"

我以为娘会画一些简单的静物,棉车子啊,磨盘啊,等等等等。娘画出来的却是过去的生活场景和人物。

画画以后

工作停歇，我去客厅喝水。

娘突然说："你跪下！"

我不大相信耳朵，回头看娘。

她说："叫你跪你就跪！侧身跪！"

我看她一脸认真，并无怨恨之气，我乖乖跪在地板上。

她说："哦，你起来吧。我想画一个人跪着，俩腿咋都画不好，这回俺看清了。"

娘的眼神好，太阳底下纫针线比我麻利。画画以后，渐渐感觉眼神不够用，想做白内障手术。

去哈尔滨手术时间临近，她又胆怯了："算了，俺都八十岁了，还能活几年？拉倒吧。"

"你怕疼？"

她反问我："咋说也是手术，能不疼吗？"

"我都问了，手术打麻药，不疼。麻药劲过了，也不怎么疼。再说了，你还想不想当画家了？"

她想了想说："豁出去了，做手术！"

术后第二天，揭下眼罩，我们都暴露在娘的火眼金睛下。

她说："哎呀爱玲，你鼻子上的毛孔咋那么大呀？"

我笑："这是黑头，最近没处理。"

"你脸上那几个是老年斑吗？"

我大笑："这几个是雀斑，都陪我好几十年了。"

"哎呀爱玲，你脸上也有皱纹了，我以前看不见，以为你一点儿皱纹都没有。"

从哈尔滨回到家，她各处看："哎呀，俺以前看窗台就是白色的，这也不是全白，还有小点点啊。"

她发现了灶台上的虾皮："虾皮上还有眼睛啊？这些小眼睛俺都看见了！值！手术钱没白花！"

娘为民谣画插图，每天涂鸦，我偶尔看看，说："这个画得不对啊。"

娘说："咋不对啦？以前挨饿牲口都死了，'爹拉犁子娘拉耙'，说的就是那时候。"

我说："你这是画了两组人物，朝两个方向犁地，上面这两个人脚画在上面，好像做空翻。"

娘从中间一剪子下去，翻转过来放，方向就对了。只是中间的缝隙无法补救，只好另画。

难题

听说老年大学美术班招生，我去给娘报名。

看门大叔拦住我："你想给谁报名？"

"我老娘。"

"多大了？"

"八十岁。"

"我们这儿只收七十岁以下的。"

"你们这是歧视老年人。"

大叔说："不是歧视，想报名的人太多。要是收一个八十岁的，那些七十多岁的都得找上门，我们招架不了！"

报名遭拒，意味着我娘只能自学成才。

根据专业人士指点，我给她买了各种农民画和齐白石的写意画。画画工具也添置了很多，她想玩哪样玩哪样。

有一次，娘先画了一只白色大公鸡，画得真不错，左侧又画了花，好像是牵牛花，花朵硕大。

我说："好是好，缺少一点儿地方特色，最好有过去的鲁西南特色。"

娘指着右侧说："我还准备画一个房子，再画一个磨刀的人。"

我说："娘，你应该先打草图，把这些东西都画好，再慢慢涂色。"

娘反问我："打草图？俺哪会？"

过了一会儿她说："俺一边画一边想，画房子，画人，刚想起来。"

某次，娘拿来一页文字说明，想让我看看，她再誊抄到画稿上。

我在上面直接修改，把一个多余的逗号圈起来，画上删除符号。

娘问："这是啥东西？"

"删除符号。"

娘拿起来那页纸端详半天，有点儿发愁："这几个圈你咋画的？俺是不是得抄到画上？"

突然想起，从写作那天开始算，娘还是小学生。我赶紧给她讲啥叫删除，啥叫删除符号，这里为啥要删除。

六年级女生，继续加油！

从《小辫梢》开始

姜淑梅

2014年夏天，俺回安达上货，认识了孙秀英。她剪纸剪得精细，剪的东西都卖到国外去了。

拉起话来，俺俩越说越亲近。她是山东巨野人，俺也是山东巨野人。俺是龙堌南边徐庄的媳妇，她也是徐庄的媳妇，两家离得不远。可惜相差三十岁，1960年俺离开冯徐庄的时候，她和她丈夫都还没出生哩。

知道俺写作，她说："咱小时候唱的那些小唱真好，我觉得有意思。"

她一说"小辫梢，剪一剪"，我就想起下句"俺问婆家有多远"。俺俩一起把《小辫梢》说完，又一起说"小枣树，奓拉枝，上边坐个小白妮儿"，说"小巴狗，上南山，撅金条，编布篮"，饭桌上说了好半天。

俺们说这些是小唱，俺闺女爱玲说这些是民谣，还说这些是好东西，让我以后上货多上这方面的货。

俺从那记住了，看见山东老太太就问："你会小唱吧?"

俺怕她一时想不起，先给她们唱两个。她们有的会，有的不会。

哪次回老家，俺都能上回来不少好货。外甥女瑞娟住在巨野县城里，小区的桐花菜树底下有两排长凳子，坐了很多老太太，我天天都能上点儿货，有小唱，有民间故事。

俺还到董官屯妹妹家住过十来天。吃完晚饭，老太太都拿着凳子和蒲扇去有风的地方坐，俺和妹妹也去。

妹妹跟大家说："这是俺姐姐。"

那些人里有叫俺姐的，也有叫俺姨的，都问："你喝汤了呗?"到俺老家，晚饭就是吃干的，也叫喝汤。

俺说："喝了。"

十几个人在一起，人多力量大，俺想：今天又能上点儿货。没想到，她们都不会小唱，啥故事也没上来。倒是妹妹，又想起来几个小唱，让俺用本记上。

外甥女瑞玲天天起早出去打太极拳，跟她一起练功的，有个孩子叫付秀平，她才五十多岁，会很多小唱。俺带着录音笔专门到她家上货，她对俺可热情了。

巨野县有个记者叫刘谓磊，采访认识的。俺跟他说想上货，他领着俺见了好几个人，有个人叫郭兆才，也五十多岁。他听说小徐营有故事，叫女婿开车拉着俺们，他陪着去了小徐营。听说俺在找小唱，他还把很多年前巨野县文化馆收集整理的一本歌谣谚语书借给俺，这本书让俺想起小时候不少小唱。

没有老家，没有这些热心人，就没有这本书。

谢谢老家！谢谢热心人！